나무가 나를 찾아오는 날에는

배교윤 산문집

White Wave

스물한 그루의 나무와 교감을 나누는 동안

두 번의 암으로 지쳐 있던 영혼에 푸른 온기가 스몄습니다.

다 쓰고 나니 겨울입니다.

곧 산수유 꽃피는 봄이 오리라 믿습니다.

한없이 응원해 주신 분들께

깊이 감사드립니다.

배 교 윤

차례

제1장

회화나무 이야기

허무와 권고의 나무

"노여워 마십시오. 빛이 죽어 가는 것을 노여워 마십시오."

한여름 유달리 큰 소리로 울어 대는 매미는 7년이라는 긴 세월을 거쳐 우화羽化한 뒤 단 2주 만에 짧은 지상의 생을 마감한다. 짧은 시간 동안 그토록 처절하게 한 생애의 모든 것을 발산하는 모습을 보면 참으로 안쓰럽기까지 하다.

어쩌면 7년간의 암흑기에 대한 보상일까?

수數를 세다 보면 천, 억, 조, 경, 해를 넘어 무량대수無量大數가 나오게 된다.

이미 우리의 사고 능력으로는 셀 수 없는 경지로, 수학적인 가치보다는 철학의 범주에 놓여 있다는 생각이 든다. 이러한 극대화되거나 극소화된 숫자를 생각하다 보면 인간이라는 존재는 대단히 위대하거나 반대로 너무나 미천한 존재라는 양극의 사고가 상충되곤 한다. 그럴 때 우리는 순간순간 이유 없는 허망감을 느끼게 된다.

남가일몽楠家一夢

중국 당나라 덕종 시절, 강남 양주 땅에 순우분이라는 사람이 살았다.

그의 집 남쪽에는 커다란 괴화나무 한 그루가 있었는데, 어느 날 그는 술을 마시고 그 아래서 잠이 든다. 어느 결엔가 잠에서 깨어난 그는 괴안국槐案國에서 온 사신을 따라가게 된다. 그는 괴안국 왕의 환대를 받고, 부마의 자리에도 오르며, 남가군南柯郡의 태수로도 임명받는다. 그렇게 20여 년간 선치善治로 태평성대를 구가하고 백성들의 칭송을 받으며 지내는 동안 슬하에 7남매도 두게 되었다. 그러나 그러한 선치를 시기하는 자들 때문에 고민하던 국왕은 그에게 말한다. "그대는 본래 속세俗世 사람이니 고향에 다녀오라, 3년 후에 다시 부르겠노라."고 하여 그는 다시 고향으로 돌아온다. 큰 소리에 놀라 눈을 뜬 그는 그제서야 자신이 나무 아래서 잠들었던 사실을 깨닫게 된다. 그간의 모든 것이 꿈이었다는 것을 알게 된다. 그러나 너무도 생생한 기억에 괴화나무 아래쪽의 구멍을 보니 개미집이 있었다. 놀랍게도, 개미집은 괴안국의 형상을, 남쪽으로 난 가지 위의 개미집은 자기가 다스렸던 남가군의 형상을 하고 있었다. 다음 날 아침에 일어나 보니 간밤의 비바람에 개미집은 모두 사라진 뒤였다. 그 후 순우분은 도술에 전념하다 3년 후 생을 마감한다. 바로 괴안국의 왕과 약속했던 기한이었다. 순우분이 기대어 잠들었던, 개미집이 있었던 나무가 바로 회화나무였다.

회화나무는 일명 괴각槐角, 괴화수, 학자수學者樹 등 아주 많은 이름을 가지고 있다. 중국이 원산지이지만 이미 우리나라에서도 오래전부터 사랑받아 온 귀화 식물이다. 6, 7월에 한창 꽃이 피어나는 낙엽 교목으로 약 30m까지 자라는 대형목이라 할 수 있다. 작은 가지를 꺾어 보면 향내가 강한 방향성 식물이다. 그래서인지 병충해에 비교적 강하다. 자세히 관찰하지 않으면 자칫 아까시나무로 착각하기 쉽다.

흔히들 느티나무를 괴목이라 하지만, 본래는 이 회화나무를 괴목이라 칭하는 것이 옳다. 동양에서는 학자수로 불리고, 영어로는 Scholar Tree라고 쓰는 것을 보면 동서양을 막론하고 귀한 나무로 취급한 것 같다. 과거에 양반이 이사 갈 때는 꼭 회화나무 종자를 지니고 갔다고도 한다. 중국에서는 회화나무가 천 년을 산다 하여, 소나무보다도 더 귀하게 취급하기도 한다. 또한 상서로운 나무로 여겨 궁궐에 세 그루의 회화나무를 심기도 했는데, 이는 삼정승에 해당하는 삼공三公을 상징할 정도였다고 한다. 과거에 급제하거나 출세 후 퇴직할 때 기념으로 심는 것도 바로 이 회화나무다.

우리나라에도 고궁, 서원, 오래된 동네에는 꼭 회화나무가 심겨 있다. 요즈음엔 공항 가는 올림픽대로 및 압구정동 등에 많이 심어져 있고 예전보다 흔히 볼 수 있다.

압구정동에 가로수로 서 있는 회화나무를 바라볼 때면 작고 푸른 잎사귀 하나하나에 허무를 실어 날리는 것 같아 보인다. 그 자리에 형성된 허망한 사치와 탐욕, 순간적인 부富를 통하여 혹시 역으로 하고 싶었던 말이 있었던 건 아닐까? 시대의 환락과 덧없는 젊음을 보면서 남가일몽에서처럼 인간들의 사치와 탐욕이 허무하고 헛되다는 것을 말하고 있는지도 모른다.

브라만교의 성전인 『우파니샤드』의 시편詩篇에 비교되는 '바가바트기타'에는 '옷 갈아입음'의 비유가 있다. 삶의 일회성에 관한 이야기다. 생의 허비에 대한 경고와 아울러 생의 허무함에 대한 자각을 벗어 버리고 보다 충일된 삶을 살 것에 대한 권고가 깔려 있다.

자연의 힘으로든 인위적으로든 자신의 정신을 새롭게 한다는 것은 사람의 심성을 변화하게 하는 것으로써, 새로운 7년이 지날 때마다 완성된 품성이 들어서게 된다고 한다.

예를 들어 이십 세에 이르면 공작이 되고, 삼십 세에는 사자, 사십 세에는 낙타, 오십 세에는 뱀, 육십 세에는 개, 칠십 세에는 원숭이가 되고, 팔십 세에는 아무것도 아니라고 하는 것이다.

인생의 덧없음을 일깨우는 회화나무는 오히려 우리에게 허무의 틀을 벗어던지라고 말한다. 허무에 빠지기보다는 자기 시대의 사람이 되라고 말이다. 덧없음을 알기에 삶에 대한 집착과 아집을 넘어서서 종국에는 짧은 세상에 대해 따뜻한 시각과 겸허한 자세를 지닐 수 있다고들 한다. 그리하여 우리의 몫은 살아 있을 때 우리의 생生을 충만하게 하는 것이라고 강변한다. 그러한 내면에는 끝을 생각하는 사려가 필요한 일이니까.

비 그친 청명한 하늘을 이고 바람을 즐기는 듯 흔들리고 있는 회화나무는 우리에게 이렇게 이야기하고 있을지 모른다. 자신이 가장 아름답다고 생각할 때 깨뜨릴 수 있는 무형의 거울을 마음 속에 간직하라고.

회화나무

여름이 졸고 있는 칠월 한낮

매미 소리 요란한 놀이터 옆

삼백 살 회화나무에 유백색 꽃이 피었다

작고 푸른 잎사귀 하나하나

하늘에서 꽃으로 익어

툭, 툭 떨어지는 꽃잎 사이로

나무의 내면과 시간의 행간을 본다

노거수의 무성한 가지 사이로

남가일몽南柯一夢의 우화와

일 회의 생과 소멸하면서 다시 존재하는 시간

청명한 하늘을 이고 바람을 즐기는 듯

회화나무는

이렇게 말한다

가장 아름답다고 생각할 때

깨트릴 수 있는 무형의 거울을

마음속에 간직하라고

*남가일몽南柯一夢- 남쪽으로 뻗은 나뭇가지 아래의 꿈이라는 뜻으로, 덧없는 꿈이나 부귀영화를 이르는 말.

제 2 장

후박나무 이야기

깨우침과 가르침의 나무

"조용하라…… 이 세상의 모든 것이 너의 스승이다."

사물의 성숙 단계를 알아서 그것을 즐길 수 있다는 것은 매우 행복한 일일 것이다. 비를 맞으며 우두커니 서 있는 나무들을 보면, 촉촉한 대지 위에 굳건히 뿌리를 내리고 어떤 완성점을 향하여 초록의 생명 가지를 하늘로 뻗고 있는 듯 보인다. 그 모습이 종종 도道의 정진을 위하여 참선하고 있는 수도자의 모습과 닮았다는 생각을 하곤 한다. 연초록 여린 잎사귀를 갉아 먹는 벌레들로, 그 벌레들을 잡으려는 작은 새들의 날갯짓으로 분주한 나날이기도 하다. 마로니에나무(칠엽수)의 큰 이파리들은 이미 녹음을 만들어 내기에 부족함이 없고, 은행나무 잎도 가을날 노란 잎사귀 크기로 부쩍 커 버렸다. 가장 늦게 잎을 피워 낸 대추나무 잎만 해도 제법 한 치마폭만큼은 햇볕을 가려 줄 정도가 되었고, 감나무는 벌써 꽃을 피워 낸 뒤 떨어지기 시작하는 때이기도 하다.

나무에서 세상으로 눈길을 돌려 보면 참으로 다양한 모양의 삶을 만나게 된다. 자연이 부여한 다양성을 지닌 존재로서, 수많은 가능성에 대해 생각하고 실천하며 삶을 영위하는가 하면, 존재 가치와 이유를 모른 채 그냥 흘러가는 듯 보이는 삶도 있다.

경허 스님

기묘년(1879년) 11월 15일에 깨우침을 얻은 경허 스님의 마음은 어떠했을까? 1,700개의 공안을 타파해 버린 깨달음을 가진 자의 눈은 어떠했을까? 천장사의 염궁문念弓門을 지나 '할 일 없음이 나의 할 일'이라던 경허는 아마 1,700개 공안을 바닷가에 버리고 마침내 빈 생각의 문을 열어 놓은 채 감각의 문을 닫아 버렸을 거라는 추측을 해 본다. 이미 완전히 깨우친 그에게, 문수文殊의 눈[眼]과 관음觀音의 귀[耳]를 가진 그에게, 세상은 어떠한 것이었을까? 아마 바람 소리, 물소리, 달빛과 새소리가, 과거와 현재와 미래가, 봄 여름 가을 겨울이 하나요, 한곳이었음을 느끼지 않았을까 생각해 본다. 우리는 성숙과 깨우침의 완성 단계에 있는 것이 아니라 과정에 있는 것이며, 우리가 이러한 모습으로 완성을 향해 가고 있다는 것을 무언으로 깨우치게 하는 나무가 있다. 바로 후박나무다.

후박厚朴나무는 우리나라 남해안과 제주도, 울릉도 등의 섬 지방과 해안 지방의 산기슭에 자생하는 상록 교목이다. 20m까지 자라는 대형목이기도 하다. 주로 5, 6월에 황록색 꽃이 피며, 다음 해 여름에 검고 자줏빛 나는 열매를 맺는다. 특히 새순이 나올 때는 적갈색의 독특한 모양을 띤다. 그런가 하면 윤기 나는 잎으로 항상 청청함을 일깨워 주기도 한다. 월계수, 녹나무, 생강나무와 제주시에 많이 심어 놓은 육박나무 등은 후박나무와 같은 녹나무과 식물이다. 대체적으로 향기가 강한 식물들이라 병충해가 없는 편이다. 이러한 후박나무는 이름 그대로 인정 있고 거짓 없는 후덕한 모습으로 서 있다. 우리네 질곡한 삶을 말없이 지켜봐 주는 애환이 많은 나무다. 이 나무의 껍질이 후박피라고 해서 한약재로 사용되다 보니 대부분 껍질이 벗겨져서 일찍 죽어 버렸다. 해인사의 팔만대장경판의 상당수가 후박나무로 되어 있는 것을 보면 예전에는 제법 큰 후박나무가 상당수 있었을 것이라는 추측도 해 보게 된다. 다행히 요즈음엔 남해안의 몇몇 곳에서 천연기념물로 지정되어 보호받고 있고, 울릉도에서는 사람 손이 닿지 않는 곳에 자생하고 있기도 한다. 그 유명한 '울릉도 호박엿'

이 예전에는 후박엿이라고 불렸다는 것을 보면, 후박 껍질을 넣어 약용으로 후박엿을 만들어 먹지 않았나 생각된다. 후박나무에 특히 소화를 돕고 위장을 따뜻하게 해서 설사, 이질을 멈추게 하는 약리 작용이 있음을 보면 옛사람에게는 중요한 자원 식물이었을 거라는 생각이 든다.

우리가 살아간다는 것이 결국 죽음이라는 완성을 향해 가는 것이라면 어떠한 완성의 단계에서 즐길 수 있다는 것은 큰 미덕이라 할 것이다. 물론 완성이라는 것이 각자의 기호와 취향, 성격, 환경, 직업 등에 따라 가치와 순도와 크기가 달라지고 그에 따른 완성도가 다르게 마련이다. 그러나 누구나 이에 달할 수 있는 것은 아니며, 설령 즐길 줄 안다 하더라도 이해한다는 것과는 다르다. 그러한 결과로서의 정신적 열매도 성숙의 단계가 있어 그 가치를 알고 이행하기 위해서는 자기가 최종적으로 위치해야 할 성숙점을 스스로 아는 것이 중요하다 하겠다. 완성으로 가는 후박나무의 모습을 보면서 우리의 완성점은 어디까지인가, 나의 성장점은 어디까지인가를 화두로 던져 본다. 교육이 인간을 야만성에서 해방시키는 것이라면, 지식은 중요한 위치를 점하고 있겠다고 생각한다. 그러나 그 지식이 균형을 잃으면 꼴사납게 되는 경우를 종종 목격하고 체험하게 된다. 정신의 재능이 열매로 비유된다면, 나무껍질은 외양으로 포장된 지식으로 대비될 수 있다. 어떤 사람들은 때로 자기들이 가진 뛰어남조차 참을 수 없는 야만성으로 연출하는 사람도 있다. 후박나무는 그러한 지식의 껍질을 타산지석이 아니고 타산지약으로 쓰고 '벗어 버리라'고 권유하는 듯하다. 그렇게 후박나무의 청명한 잎사귀 아래 서면, 이제는 지식이 아니라 우리의 말과 의지가 진정으로 우아해져야 된다는 생각이 든다.

서양의 고대인들이 그러했듯 이스라엘의 조상인 셈족도 우주를 3층 구조로 이해했었다. 우주는 하늘에 있는 신의 세계, 지상에 있는 인간의 세계 그리고 큰 동굴 아래에 있는 지하 세계로 이루어져 있다고 믿었다. 그리고 그네들이 살고 있는 이 세상을 비유하여 '현실보다 더 고통스러운 지옥은 없다.'라고 했다. 그렇게 그들은 삶이 결코 아름다운 것이 아님을 스스로 정의했었다.

붓다가 기원정사에 머물고 있을 때 한 승려에게 사후에 겪게 되는 상태를 설명하는 가운데 이런 내용이 있다. 2개의 집이 있는데, 집에는 각각 6개의 문이 달려 있다. 2개의 집은 영혼과 육체를 상징하고, 12개의 문 가운데 6개는 육도六道-인간이 선악을 행

함으로써 이르게 되는 '지옥, 아귀, 축생, 아수라, 인간, 천상계'를 이름)의 입구를 나타내며, 나머지 6개는 출구를 가리킨다.

염라대왕은 죽은 자에게 묻는다. "갓 태어난 아기와 늙은이, 질병에 걸린 모습, 도둑, 썩은 시체를 만난 적이 있는가?" 이 다섯 가지는 생로병사와 업에 대한 징벌을 의미한다. 죽은 자가 만난 적이 없다고 하면 설명해 주고 기억을 되살려서 고백하게 한다. 그리고 그는 죄업을 씻는 다섯 가지 벌을 받게 된다. 고통스럽더라도 그는 결코 죽을 수 없었다. 물론 우리가 죽음 뒤의 세계에 대하여 걱정하고 생각하는 것은 어쩔 수가 없다. 하지만 살아가면서 접하게 되는 세상사의 다양한 모습과 행태를 통하여 자기의 성숙점을 깨닫는다면 사후 세계에 대한 생각들이 조금은 달라지지 않을까?

마음속에 후박나무 한 그루를 심어 두고 그 후덕함을 느끼다 보면 절로 세상의 모든 시기와 질투, 사랑과 애착에 대하여 일갈할 수 있는 사자후獅子吼를 생각하게 되니까. 그리하여 예수를 만나면 예수를 버리고, 부처를 만나면 부처를 넘어서고, 그 길을 따라 후박나무 한 그루 있는 바닷가에 모든 것을 버린 채 서 있고 싶다. 그 나무 아래 서면 후박나무의 울림을 들을 수 있을 것 같다.

"조용하라, 이 세상의 모든 것이 너의 스승이다!"

남해군 창선면 대벽리에 바다를 향해 바람을 막고 서 있는
오백 년 전설의 왕후박나무, 옛날 고기잡이 어부가 큰 고기의
배 속에
씨앗이 들어 있어 그 씨를 심었더니 왕후박나무가 자랐다고 한다.
해마다 당제를 올리고 풍어를 비는 나무, 임진왜란 때 이순신
장군이
나무 그늘에서 쉬어 갔다는 말이 전해져 오는
단 한 그루로 완성형으로 가는 후덕한 모습

거친 태풍 바람의 무게를 견디며
바다 앞에 산을 품고 선,
살아 있는 전설
물고기들이 받아치는 비늘빛
삼백예순날의 오체투지로 견디는
푸르고 환한 힘

제3장

"아버님 날 낳으시고 어머님 날 기르시니."

겨울의 여정이 끝나 가는 길목에 서 있는 나무들을 보고 있노라면 마치 대지로부터 빨아들인 수액을 감당하지 못해 온몸이 가려운 사람처럼 보인다. 생채기가 아물어 새살이 돋아날 때의 터질 듯한 가려움을 온몸으로 보여 주고 있는 듯도 하고, 어찌 보면 잔뜩 약이 올라 있는 표정인 듯도 하다.

신약성서의 첫 장에는 '아브라함이 이삭을 낳고 이삭은 야곱을 낳고 야곱은 유다와 그의 형제를 낳고…….'로 시작하여 누구는 누구를 낳고로 이어지는 족보가 나온다. 동서양을 막론하고 그 계통은 부계 사회로 이어져 내려오는 것이 당연스럽게 받아들여지고 있지만, 사실 그 이전의 역사로 거슬러 올라가면 반드시 그러하지만도 않다.

고대 사회는 모계 중심의 부족이 많았다고 한다. 자연환경과 형성된 문화에 따라서 차이는 있겠지만, 부계 혹은 모계 중심 사회를 극단적으로 분류할 수는 없다고 한다.

아주 오래전, 어떻게 해서 남녀의 체형이 남성은 남성적으로, 여성은 더욱 여성스럽게 바뀌었는가에 대해 인류학자들 일부는 이러한 가설을 제시하기도 했다. 본래 인류는 성별의 차이를 두지 않고 골격이 비슷했는데, 남성은 주로 수렵을 하고 여성은 자식을 보호하고 양육하는 일을 맡다 보니 자연스럽게 성적 역할 분담이 이루어지게 되었다고 한다. 그 당시 남성이 사냥하는 것은 규칙적인 것이 아니었기 때문에 생활 환경 조건이 열악할 수밖에 없었을 거라 추측한다. 그렇게 살다 보니 젖을 먹이고 자녀를 양육하는 역할을 맡은 여성은 먹거리가 없을 때를 대비하여 많이 먹고 체내에 비축하는 성향을 가지게 되었다는 것이다.

그리고 현대인들이 보기에는 약간은 황당할지도 모르지만, 시간이 흘러 직립 원인이 되면서 목둘레에 비축되었던 지방질이 서서히 내려와 지금의 젖가슴이 되었다는 이야기가 상당히 설득력 있는 논리로서 거의 정설로 받아들여지고 있다.

동양에서 출산 혹은 다산多産의 의미는 이러한 자연환경 적응에 대한 불확신에서 기인되기도 했지만, 다수확을 통한 안정된 생명 유지 수단의 확보에도 그 목적이 있었다. 출산의 의미는 식물이 씨를 만들고 다음 세대를 준비하는 과정에서도 찾아볼 수 있다. 혹독한 추위 속에서도 다음에 찾아올 따뜻한 계절에 대한 믿음 아래 자기의 포자를 감싸 안는 것에서나, 민들레가 꽃씨를 바람에 날려 어느 곳에 있든 '나의 자식이 또 다른 생명체를 탄생시킬 것이다.'는 원願아래 그렇게 열심히 꽃씨를 날리는 모습에서도 찾아볼 수 있다.

이 이야기의 중심에서 모정의 근원인 '어머니'라는 단어를 끄집어내 본다. 그 단어를 떠올릴 때마다, 30여 년 전쯤에 읽었던 오영수의 「은냇골 이야기」라는 단편 소설이 떠오른다. 사회가 어수선하던 시절, 인간으로서의 정상적인 삶을 영위할 수 없는, 즉 사회적으로 치명적인 결함을 가진 사람들이 사회를 떠나 한 집 두집 모여들게 되고 그렇게 그들끼리의 삶이 시작이 된다. 가난한 사람들이 견디기에는 참으로 힘든 긴 겨울, 그들은 서로의 생사

확인만 될 정도의 새끼줄을 각 집에다 연결해 놓고 버틴다. 그렇게 시간이 흘러가던 어느 하루, 기아를 참지 못한 한 남정네는 만삭의 아내를 남겨 두고 양식을 구하러 떠나고 아내는 아기를 낳는다. 굶주림에 지친 아내는 실성을 하게 된다. 남정네가 눈길을 헤치고 오니, 집에서 모락모락 연기가 피어올라 불길한 느낌에 뛰어가 아내를 묶어 놓고 부엌으로 가 보니 끓고 있는 가마솥 안에 있는 건 다름 아닌 아기였다. 그러나 실성한 아내의 말은 다시 한 번 남정네의 억장을 무너지게 만든다. "지 혼자 묵을라꼬?" 정신을 차린 아내는 아기를 찾아 헤매다 죽고 만다.

우리네의 질박한 삶 속에서 과연 '어머니'는 어떤 존재인 걸까? 옛시조에 '아버님 날 낳으시고 어머님 날 기르시니'라는 구절이 있다. 이 구절 속에는 부모가 있어 자식이 답하고 공경하라는 교훈을 넘어서는 의미가 새겨져 있다는 생각을 하게 된다. 아이를 생산하고 양육함에 있어서 특히 어머니는 '헌신'과 '사랑'이라는 명제와 분리해 생각하기 어려운 존재라는 뜻 말이다.

새삼 '어머니'를 가슴으로 불러들이고, 다산의 의미를 혹은 우리의 모성을 일깨워 주는 나무를 이야기한다면 주저 없이 포도나무를 꼽을 수 있다.

포도나무는 중앙아시아가 원산지인 낙엽 관목이다. 길이는 3m 안팎이며, 덩굴손으로 다른 물체를 감고 커 가고 6, 7월에는 꽃이 피며 9, 10월에 우리에게 시각적으로나 미각적으로 익숙한 포도를 선물한다. 포도과의 식물로는 왕머루, 새머루, 개머루, 담쟁이덩굴 등이 있다. 포도를 한자로는 초룡주草龍珠라고 표현한다. 아마도 꿈틀대듯 감긴 줄기의 모습을 보고 용龍 자를, 구슬처럼 맺히는 열매를 보고 구슬 주珠 자를 쓴 것 같다.

살아가면서 가장 힘들고 고통스러울 때 생각나는 존재는 '어머니'다. 왜 어머니일까? 열 달을 육체적으로 같이 호흡을 한 때문일까? 아니면 그 이상의 무엇이 존재하는 것일까? 포도나무를 자세히 관찰해 보면, 아름답고 탐스러운 열매를 맺기 이전의 줄기가 갈라지고 뒤틀려 있는 것을 볼 수 있다. 그것은 마치 자식에게 온몸으로 삶의 애정을 다 쏟아부어 버린 어머니의 피부 같다. 우리가 이미 가졌던 어머니라는 육신의 껍질처럼, 거칠고 뒤틀린 손등처럼, 포도나무의 줄기는 그러한 형상을 하고 있다. 그 바로 아래 탐스럽고 영롱한 포도가 진주보다 아름답게 영글고 있는 모습을 보고 있노라면 어머니의 존재와 모성이라는 직접적으로는 체감되지 않는 그 무엇이 마치 무지개와 같은 형상으로 우리 주변을 감싸고 있는 듯하다.

마인(魔人, Demon)들은 포도주에 취하면 고통을 잊는다 하여 포도주를 마셨다고 한다. 그들이 포도 덩쿨이 있는 곳을 피안의 장소로 생각했던 것은 모성 회귀 본능의 일편인지도 모른다. 또한 임신 후 태기가 명치를 치밀 때 포도나무 뿌리를 달여 마시면 내려간다는 한방의 치료 방법이 있는 것을 보며 다시 한 번 포도나무와 어머니라는 존재는 튼실한 연결의 고리를 가지고 있다는 생각을 하게 된다.

포도나무는 대지에서 뽑아 올린 수액으로 자식이라 할 수 있는 포도를 영글게 함으로써 자기 자신의 새로운 부활을 기다리고 있는지도 모른다. 그리고 익어 가는 포도주를 통해서는 인생의 원숙함을 또한 극대화시키고 있는지도 모른다. 종교적으로는 그리스도의 피를 상징하는 포도주, 그것은 결국 희생의 의미일 것이다. 그런 희생이라는 단어 뒤에는 어머니라는 존재가 항상 운무의 근원지처럼 아련하게 자리매김하고 있다고 믿는다.

어쩌면 포도나무는 어머니의 염念이 모여 있는 한 알씩의 전설을 간직하고 있을지도 모른다. 그로 인해 문득 포도나무를 마주칠 때마다 먹먹한 가슴으로 '어머니'가 걸어 들어오게 만드는지

도 모른다. 그렇게 온몸을 던져 애정을 쏟아붓는 사랑의 나무로
존재하는지도 모른다.

제4장

음나무 이야기

벽사의 나무

   죽음의 세계는 냉혹하다. 사자에 대한 정보가 확실해 판관의 실수가 없기 때문이라고들 한다. 원칙주의자들만 있기 때문이라고 할까.

   하계와 지상을 오고가면서 살 수밖에 없었던 이야기는 그리스 신화에도 있다. 페르세포네와 제우스의 형이었던 하데스의 이야기가 그것이다. 이 이야기들이 신들의 이야기라면 단테에게 『신곡』을 쓰게 한 영감의 근원지인 베르길리우스의 대서사시 '아이네이스(Aeneis)'는 인간의 이야기인 셈이다. 하계로부터 돌아온 아이네이스가 계속된 모험을 거쳐 정착하게 되는 것이 로마 역사의 시작이 되었다는 이야기다. 예수 탄생 직전 사망했던 베르길리우스는 인도로부터 전해졌던 윤회 사상을 접했다고 알려져 있기도 하다.

　우리나라에도 저승에 관한 설화들은 전국 각지에 널려 있다고 해도 과언이 아니다. 불교가 들어오기 이전에 이미 자연 발생적으로 내세의 개념이 있었으며, 사후 심판의 성격을 가진 저승이 있었다고 한다. 우리는 어른이 죽으면 '돌아가셨다.'고 말한다. 이 말에서 우리는 지금의 생은 나그네 길이요, 본향은 저승이라는 의식, '저세상이 반드시 있다.'는 의식이 깊게 뿌리박고 있음을 읽을 수 있다. 기독교의 보급에 따라 새로운 내세관이 만들어지기도 했지만 신의 심판이라는 점에서는 그 개념적인 면이 비슷해 보인다. 저승과 관련된 존재들은 참 많기도 하다. 염라대왕에서부터 사자, 시왕, 죽을 때가 된 사람이나 나쁜 짓거리를 한 사람을 제명이 다하기 전에 미리 잡아가는 저승과 이승을 왕래하는 저승차사가 있다. 이 저승 차사가 가장 싫어하는 나무가 있다. 이름하여 음나무 혹은 엄나무라고도 한다. 흔히 귀신 쫓는 나무라고 불리는 음나무는 집을 지을 때 대문 옆에 심어서 악귀를 쫓는 데 쓰였다. 또 봉창에 걸쳐 놓고 저승 차사의 도포 자락이 가시에 걸려 집으로 들어오지 못하게 하는 데도 쓰였는데, 약간은 직접적인 상상력의 발로를 보여 주고 있다.

두릅나무과의 음나무는 전국 각지에서 자라는 낙엽 활엽 교목으로 20m 정도로 자라는 대형목이다. 해동피海桐皮라는 이름의 한약재로 쓰이기도 한다. 비교적 큰 잎을 자랑하며 마치 손바닥을 펼친 모습을 하고 있다. 7월에 베이지색 꽃을 피워 낸다. 몸 전체에 날카로운 가시가 나 있는데 그 모습이 엄嚴하게도 생겼다 하여 엄나무라는 다른 이름을 가지게 된 모양이다. 나무의 둥치가 커지면서 날카로운 가시는 점점 없어진다. 어릴 적 몸체에 나 있던 많은 가시가 세월이 흐르면서 없어지는 이러한 겉모습의 변화는, 시간의 숙성과 함께 찾아오는 '부드러움'이라 하겠다. 이 '숙성된 단어'가 어울리는 음나무의 외형은 새삼 '달관과 체념'이라는 단어를 떠오르게 한다. 지구상 생명체 중에서 가장 크고 가장 높게 자라는 게 나무라 생각한다. 노거수老巨樹나 큰 자연물을 숭배하는 무속 신앙에 가까운 자연에 대한 외경심은 우리에게 두려움을 갖게 하고 그 자연물들은 공경의 대상이 된다. 그러한 점에서 인간이 할 수 있는 일은 참으로 제약되어 있다고 할 수 있다. 가령 나팔꽃의 줄기가 감아 돌아가는 방향 하나라도 바꿀 수 있다고 생각할 수 있을까? 인간의 유약성이라는 점에서 보면, 거대한 자연 앞에서 참으로 힘없고 예측 불허한 시절의 고난을 겪으면서 신의 존재에 대하여 복종의 세월을 지내 왔을 선대先代의 삶이나 현대인의 삶이나 그리 다르지 않다는 생각이 든다. 거리에 넘쳐 나는 점술인이나 갈수록 늘어나는 역술인의 숫자는 다시금 인간의 유약성을 확인시켜 주는 것만 같다.

음나무가 간직하고 있을 법한 저승에 관련된 여러 이야기는 이승의 행악을 극명하게 드러내어 개심하게 하는 데도 중요한 역할을 한다. 나아가 '이것이 옳고 선한 것이다.'라고 이야기해도 지켜지지 않음에 대해 준엄한 경고를 하기도 하고, 이 세상과 저세상의 선악 판단의 기준이 다름을 가르쳐 주기도 한다. 그 속에는 선하고 진실하며 아름다운 세상을 만들어 가기 위해 치밀하게 계산된 선조들의 지혜가 담겨 있는지도 모른다.

문설주 위에 놓여 벽사의 기능을 하던 음나무는 인간들이 경외시했던 어둠의 세계와 인간이 만들어 내고 지키고자 하는 가정이라는 울타리 사이에서 어서 새벽이 오기를 기다렸을지도 모른다. 그렇게 나쁜 것에 대해 거부하며 끊임없이 어둠에서 밝음으로 나아가기를 바라는, 죽음의 공포에서 벗어나기를 바라는 사람들의 염을 담은 채 말이다.

이러한 음나무를 통하여 역으로 '생과 사'가 같은 '하나의 삶'이라는 인식을 얻게 된다. 수메르의 도시를 방황하며 살아간 '에레슈키갈'의 신화나 죽음의 공포에 대한 방지책으로 걸쳐 두었던 문설주 위의 음나무의 존재로부터 과감히 벗어나 있는 것이다. 거기에는 '자기 자신에 대한 믿음'이라는 것이 담겨 있다. 나무 한 그루의 속성을 통하여 어떠한 종류의 종교나 공포로부터 자유로울 수 있다면 그 또한 가치가 있다는 생각이 든다. 성장 과정을 통해 배어 나오는 '부드러움'을 통해서는 '달관과 체념'을 가르치는 한편, 종래에는 집착하는 인간의 허망한 욕망 표출의 한 방편이기도 했던 음나무를 통하여 모든 것은 '스스로의 믿음'에서 기인한다는 것을 새삼 되새기며 음나무라는 화두를 내려놓는다.

엄나무 가시

예측 불허의 생, 굽힐 수 없는 삶
하루 만의 위안이 되더라도
벽사의 나무, 엄나무 생가시
몸을 살리는 약이 된다 해서
가마솥에 오래 삶는다

몸에 남아 있는 암의 흔적들 헐어 내고
봄날의 연둣빛으로 온몸에 푸른 온기 피워
생과 멀어졌던 마음 산빛처럼 물들어
새순 돋는 봄을 기다리는 마음처럼 부풀어 본다

제5장

메타세쿼이아 이야기

의지와 절제의 나무

"의지는 '한계'라는 절제를 가지는 경우에 빛난다."

동양과 서양의 차이는 너무나 광범위하고 그 해석 또한 분분해서 말하기 힘든 경우가 참 많지만, 서양이 분석이라는 과정을 통하여 결과치를 중시하는 반면, 동양은 우주의 원리를 '천지현황天地玄黃'이라는 단 한마디로 꿰뚫어 보는 데서 그 '다름'을 확연히 느끼곤 한다.

아폴로 우주선을 띄워 놓고 NASA에서 최초로 물어본 말이 하늘의 색깔이었다고 한다. 돌아온 답인즉 칠흑 같은 캄캄함이었다고 한다. 서양에서는 그러한 확인을 통하여 사실로 받아들이는 데 반해, 동양에서는 4살짜리 꼬마 때부터 '하늘은 검고 깊으며, 땅은 넓고 누르다.'고 줄줄 외워 댄다. 서양이 국소적이고 분석적이며 연역적, 근시안적, 형이하학적, 유물론적, 횡적 및 물질과학 증명 위주인 특성을 갖는다면, 동양은 전체적이며 종합적이고 원시안적, 형이상학적, 유심론적, 종적, 정신문화적인 특성을 갖고 있다고 할 수 있다. 서양 교회의 모습을 보면 신의 존재는 하늘 위에 있는 것 같이 보인다. 그러나 우리의 과거 종교 건축물들은 조금 다르다. 산자락에 편안하게 붙어서 있는 것이 자연과의 순응에 그 초점을 둔 듯 보인다. 대별해서 서양의 개념이 수직적이라면, 동양의 개념은 수평적이라고 정의를 내려 본다. 하늘을 찌를 듯한 마천루, 즉 Skyscraper는 '하늘을 어루만지는 집'이라는 뜻이다. 인간의 의지를 신에게 과시하는 듯하다.

2001년 9월 11일 미국의 월드트레이드센터가 허무하게 무너지는 모습을 보며 그것을 미국이라는 나라가 가지고 있던 자존과 오만에 대한 경고의 의미로 생각하는 사람들도 많았다. 그러면서 이 반성의 기회를 저 나라가 어떻게 가져갈 것인가를 유심히 관찰했다.

하늘을 찌를 듯한 의지를 가지고 있는 나무가 있다. 동양보다는 서양적 사고방식에 훨씬 어울리는 모습을 하고 있는 나무, 바로 메타세쿼이아다. 메타세쿼이아는 은행나무와 함께 화석나무로 유명하다. 이미 멸종된 것으로 알았던 나무가 1945년 중국의 양 자강 상류에서 발견되었다. 옛날 공룡과 같은 시대에 살았던 나무이기도 하다. 특히 습윤한 토양을 좋아하는 메타세쿼이아는 요즈음은 가로수로 많이 쓰인다. 낙엽 침엽 교목으로 40m까지 자라는데 잎사귀 모양은 새의 깃털 같고, 나무의 형태는 마치 고깔을 씌운 것 같다. 미국에 있는 메타세쿼이아와는 거의 사촌 간이라 보아야겠다.

 메타세쿼이아는 왜 공룡과 함께 멸종하지 않고 어느 강 언저리에서 목숨을 부지하고 있었을까? 쉬지 않고 기도로 생존을 갈구하고 있었을까? 아니면 나의 의지가 이러한데 하늘도 감복하지 않을까 하는 믿음으로 수억 년의 세월을 그저 묵묵히 견뎌 온 걸까? 그런 의미에서 보면 메타세쿼이아는 확실한 의지를 가지고 하늘을 우러러 자신의 의지를 천명하고 있는 셈이다. 식물의 관점에서 벗어나 곤충의 예를 들어 의지라는 말을 표현해 볼까 한다. 꿀벌은 자신이 가진 날개의 크기와 힘에 비해 몸통이 너무 커서 날 수 없는 구조를 가지고 있다. 그러나 정작 자신은 날 수 없다는 것을 인식하지 못한 채 당연히 난다는 본능 아래 1초에 무려 200번의 날갯짓을 통하여 난다고 한다.

추측건대 그 200번의 날갯짓을 하는 동안 일어나는 소음(?)은 그 작은 꿀벌에게는 엄청난 소음일 것이다. 아마도 그 소음을 견디기 위해 꿀벌은 스스로 귀머거리가 되었는지도 모르겠다. 날아보겠다는 의지와 감각의 일부분인 청력을 맞바꾼 셈이니 그 또한 대단한 의지의 산물이라 하겠다. 우리가 흔히 구별하지 않고 말하기도 하는 '의지'와 꿈은 다르다고 본다. 시를 통하여, 혹은 교과서와 주위의 권고로 어릴 적부터 강요당하거나 주입되기도 하는 꿈. 때때로 꿈은 무조건적인 선善으로 받아들여지기도 한다. 그 까닭에 꿈이 없는 인간의 가치는 아예 평가 절하되기도 한다. 그러나 정작 우리를 일어나게 하는 것은 꿈보다는 의지라고 믿는다. 더 높이 더 멀리 날고 싶다는 꿈보다는 날고야 말겠다는 의지가 날게 하는 것이다.

일반적으로 '곧음'이라는 것은 '바르다'는 의미로 쓰이기도 하지만, '옆을 바라보지 않고 앞만을 향해 나아간다.'는 뜻으로도 볼 수 있다. 그 곧음의 의미는 의지로써 표현될 수 있는데, 그러한 의지는 바벨탑의 경우처럼, 절대 그럴 수 없을 것 같았지만 붕괴되고 만 월드트레이드센터 빌딩처럼, '한계'라는 절제를 가지는 경우에 빛난다고 생각한다. 메타세쿼이아의 의지를 빛나게 하는 한계는 재질에서 온다. 메타세쿼이아나무의 재질은 힘을 받는 재료로는 쓸 수 없고 오로지 펄프에만 쓰인다. 하늘 높은 줄 모르고 자라나는 이 나무는 자기의 의지만 키운 셈이다. 그 이면에는 '하늘은 모든 재능을 주지는 않는다.'는 교훈이 숨겨져 있는 것만 같다. 마치 복제를 해 놓은 듯한 메타세쿼이아의 도열을 보면서 '의지와 절제'라는 화두의 경계가 어디인지를 생각해 본다.

메타세콰이아

풍경을 도열하고

위풍당당 하늘을 찌를 듯

곧게 높이만 올라가는

우아한 저 나무의 고향은 하늘일까

공룡이 사라질 때

함께 화석으로 각인되었다

박제된 시간, 살아 있는 화석

좀체 휘어지지 않을

검붉은 나무의 등뼈에

사라졌던 시간을 기대어 보면

제 시곗바늘같이 가느다란 잎들이

모세혈관을 찌르며

굳어 있던 기억을

흔들어 깨우고 있다

제6장

배나무 이야기

기다림과 삭힘의 나무

"곰삭음 뒤에야 참으로 깊고 질리지 않으며 물리지 않는 참맛이 찾아오는 것이다."

치열한 전장戰場의 주변을 둘러보는 이방인의 느낌으로 오랜만에 나무와 교감을 하기 위해 여행을 떠났다. 차창을 스치는 전형적인 겨울의 풍광은 스산하다는 느낌보다는 여유로워 보였다. 소나무와 참나무과 식물들, 그러니까 떡갈나무, 신갈, 졸참나무 등이 겨울을 맞아 함께 어울려 참 느긋하니 휴식을 즐기는 듯 보였기 때문이다. 그런가 하면 은사시나무는 밝은 베이지 빛 수피를 드러내며 자존을 세우고 있는 듯하다. 자작나무의 그 화려한 백색은 아니지만 '호랑이가 없는 산골에 토끼가 왕 노릇'하듯 말이다. 그렇게 잔설 사이로 보이는 겨울 숲은 여름 동안의 생존 다툼에서 벗어나 적극적인 화해의 시간을 도모하는 듯 보였다. 온유와 자적의 빛으로 흰 이불을 함께 덮고 화해와 평화라는 단어를 떠올리게 만드는 풍광을 만들어 내고 있었다.

겨울에도 끊임없이 이 거대한 생태계를 움직이고 있는 존재가 있다. 숲속에는 작은 미생물들이 만들어 내는 거대한 음모가 있다. 생태계를 좌지우지하며 바꾸어 놓는 것은 사실 눈에 보이지 않는 미생물이다. 시간이 가고 계절이 바뀌면 형형색색 달라지는 숲의 변화는 미생물 세계에서 시작된다. 미생물이 만들어 나가는 세계는 참으로 오묘하다. 그것은 삶과 죽음의 세계를 하나의 고리(Ring) 안에 묶어 놓는다고 할 수 있다. 기다림의 세월은 세상을 가장 자연스럽게 그리고 어디에도 치우침 없이 균형 잡게 해 준다. 그 세월을 거쳐 중용의 상태란 이런 것이라고, 깨뜨릴 수 없는 최고의 선善의 상태란 이러한 것이라고 말하듯이 생식하고, 번성하고, 썩고, 사그라든다. 한 생애를 관통하는 이 기다림의 미덕은, 모든 것은 레테의 강(망각의 강)을 통하여 해결된다는 메시지를 은연중에 암시하는 듯하다.

긴 서두의 가운데 서 있는 나무가 있다. 기다림의 나무, 배나무다.

배나무는 장미과 식물이다. 우리나라와 일본, 중국 등의 온난대 지역에서 잘 자라는 낙엽 교목이다. 4, 5월에 백색의 꽃을 피우며, 10월이 되면 맛난 열매를 맺으며 강장, 해열, 이뇨제로 쓰이기도 한다. 또 해인사의 팔만대장경의 일부는 배나무로 만들어지기도 하였다.

이러한 배나무의 커다란 특징 중 하나가 소화를 돕는다는 것이다. 이 특성은 삭힘이라는 음식 문화를 가진 민족에게는 참으로 중요한 위치를 점하고 있다.

앞서 메타세쿼이아 이야기에서도 동서양을 잠시 비교했지만, 동양과 서양은 그 역사와 문화와 삶의 형태에서도 큰 차이가 있다. 서양의 수렵 문화와 동양의 농경 문화의 큰 차이는 1년이라는 세월을 단위로 계획을 세울 수 있는가, 없는가의 차이이기도 하다. 농경 민족이었던 우리에게 서양의 문화와 두드러지게 대별되는 것을 꼽으라면 '삭힘'이라는 단어일 것이다.

삭힘이란 최소한의 소금을 사용해 음식을 다루는 방법으로, 농경 민족에게는 저장의 방법과도 연계되어 있다. 따라서 미생물과의 관계, 흙과의 관계가 중요하다. 이 관계들을 미생물과 식물과 동물들이 가지는 거대한 죽음의 카테고리 혹은 순환으로 표현할 수도 있다. 삭힘의 문화와 관련해 조금 확대해 보면 지역성이라는 것이 우리의 삶의 형태와 식문화를 바꿀 수 있다는 것을 살펴볼 수 있다.

가령 젓갈 문화를 예로 들어 서해 쪽과 동해 쪽의 젓갈을 비교해 보면 그 차이가 확연하다. 서해 쪽 젓갈은 어리굴젓, 조기젓, 새우젓, 밴댕이젓, 곤쟁이젓, 소라새끼젓(무룩젓), 까나리젓, 홍합젓 등 작은 개체가 모여서 만드는 '완성형의 젓갈'이라면, 동해 쪽은 아가미젓, 창란젓, 명란젓, 갈치속젓 등 비교적 큰 개체를 분해해서 만드는 '분리형 젓갈'이라고 구분해 볼 수 있다.

이런 삭힘의 문화가 모든 나라에서 문화로 자리매김하고 있는 것은 아니다. 그야말로 우리나라 고유의 문화로서, 농경 문화 국가들도 다 가지지는 못한 독특하고 과학적이며 지혜로운 특성이다. 그 특성을 든든하게 소유하고 있는 나무가 바로 배나무이다. 옛 일화 중에 '배나무 아래에 송아지를 매어 놓았더니 매어 놓은 끈만 남아 있더라.'는 이야기가 있다. 배나무가 가지는 소화력과 삭힘의 힘을 단적으로 말해 주는 이야기다.

배나무는 오랜 세월을 우리 민족과 함께하면서 삭힘 문화의 대변자로서 이렇게 말하는 듯하다.

'기다려라.'

이마의 주름살에 세월의 빨래를 널 듯 인고의 세월을 견뎌 가는 동안 참는 것. 서서히 익힘으로써 진정한 참맛을 내어 놓는 것이 삶이라고 말하는 듯하다. 오래 참음과 인내와 감정의 절제가 내포되어 있는 것이 인생이라고, 그 곰삭음 뒤에야 참으로 깊고 질리지 않으며 물리지 않는 참맛이 찾아오는 것이라고 말한다. 봄이 되면 희디흰 꽃을 피우고, 가을이 되면 싱그러운 열매를 맺는 배나무는 그렇게 온몸으로 기다림과 절제의 미학을 이야기한다.

한양 도성 좌청룡 낙산
변방의 언덕 위에 돌배꽃이 피었다
봄빛, 환하다

얕은 산 위로
암호처럼 떠 있는 온음표 구름이
배꽃 향으로 꽉 차는 오후

바람이 지나가는 길에
순례자의 영혼이 되어
설레는 마음

흐드러지는 흰 웃음의 배꽃처럼
나도 환한가

제7장

동백나무 이야기

지조와 절개의 나무

"나 진정 부러질지언정 휘어지지는 않겠노라."

겨울나무를 보면 슬픔이 차오른다. 최소한의 삶을 위해 웅크린 모습은 마치 할 말을 다 못 한 법정의 피고인처럼 슬퍼 보인다. 그러한 슬픔은 어디에서 오는 것일까? 낙엽이 지는 활엽수에 한정된 문제라면 모를까 항상 푸르름을 간직한 상록수의 경우에도 같은 감정이 생기니 말이다. 문득 혐의를 품게 되는 것은, 앙상한 가지만 남은 채 말없이 서 있는 나목裸木처럼 사회적으로 어둡고 참으로 갑갑했던 시절이 떠오르기 때문이다.

수십 년 전의 이야기다. 많은 사람들이 회색인으로 삶을 영위할 수밖에 없었던 시절이 있었다. 정치적으로는 독재 치하였고, 모든 언로가 꽉 막혀 있던 시절이었다. 결과적으로는 민주화로 가는 과정이었겠지만 민주화의 태동마저 보이지 않던 무렵, 지금은 전직 대통령이 되어 버린 모 인사의 단식 투쟁이 단행되었다. 당시 정치권력이 두려워 신문사의 논설위원은 써내지 못한 사항들을 전해 주는 통로가 있었다. 신문 가판대에서 혹은 신문을 옆구리에 끼고 '민주 인사'들의 몇 줄 안 되는 소식을 메인타이틀보다 더 크고 붉은 글씨로 써서 매상을 올리기에 여념이 없었던 신문팔이들이었다. 그들을 '거리의 편집자'라 불렀었다. 누구나 흑과 백의 양극의 논리의 한편에 서기를 강요당했던 시절이었고, 이러지도 저러지도 못하고 가슴앓이만 했던 대다수의 사람들이 스스로 회색인이라는 죄의식을 가지고 생활할 수밖에 없었던 시절이었다.

그 시절을 생각하면 어김없이 동백나무가 떠오른다. 그 시절의 우리와 상반되게 흑백 논리의 연장선상에서 동백나무는 확연한 논리 한편에 서 있었던 셈이다. 동백나무의 생리적 특성에는 어쩐지 '나 진정 부러질지언정 휘어지지는 않겠노라.'는 정신이 깃들어 있다는 생각이 든다.

동백꽃이 지는 모습은 참혹하다. 망망대해를 지켜보다 망부가

가 끝나는 시점에서 서서히 사그라드는 것이 아니고 '툭' 하고 어느 순간 꽃송이 채로 붉은 생명을 던져 버린다. 그 모습은 마치 건강하게 사시던 노인들이 어느 날 갑자기 생을 마감하는 모습 같기도 하고, 마른 삭정이 위에 소복소복 눈이 쌓이다가 하중을 못 이겨 '툭'하고 부러지는 모습 같기도 하다. 늦겨울 동백의 붉은 꽃잎 속 노란 암술 가루 위에 싸락눈이 조금 얹히기라도 하면 동백 꽃송이 속은 아주 처연한 원색의 세계가 된다. 세 가지 원색이 만들어 내는 강렬한 아름다움이 빛난다. 상록 활엽수의 교목인 동백나무는 약 10m까지 자라는 것도 있긴 하나 보통은 4, 5m 정도 자란다. 주로 울릉도나 남부 해안 지방에서 잘 자라며, 암꽃과 수꽃으로 분리되어 있다. 2, 3월에 붉은 꽃을 피워 내고 9, 10월에 열매를 맺는다. 그 열매로 동백기름을 만든다.

여수의 오동도, 보길도의 동백나무 숲은 더 말할 나위 없이 아름답다. 그런데 그 차갑고 매서운 바닷바람을 맞으면서 붉은 꽃을 피워 내는 힘은 어디서 나오는 것일까? 동백나무는 많은 상록수 중에서도 유달리 '다른 삶'을 사는 나무로 다가온다. 그 혹독한 겨울을 견뎌 낸 열매로 단아한 자태를 가꾸는 데 쓰일 동백기름을 만들어 내는 모습은 안에 품은 강인함으로 다가오고, 아름다움의 절정에서 단호하게 사라지는 모습은 모란의 절개로 다가오기도 한다. 봄과 여름, 가을에 피는 꽃은 더위의 기운 즉 따뜻함의 기운으로 피어나는 것이지만, 매서운 추위 속에서 피어나는 동백은 독야청정의 기상을 품지 않을 수 없었겠지. 그렇게 혹독한 추위 속에서 홀로 견디며 해풍과 노을을 벗 삼다 보니 그렇게 붉게 피었는지도 모를 일이다는 생각이 든다. 그러면서 채 백 년도 채우지 못하는 인생에게 천 년의 근심을 품고 살지 말라고 말하는 듯도 하다. 화장품이 발달하지 않았던 그 옛날 동백기름으로 삼단 같은 머리채를 치장하고 나면 그 누구도 감히 범접할 수 없는 기개와 단아함이 풍겨져 나온다. 동백이 가졌던 그 추운 겨울의 결정이 머리카락으로 옮겨져 온 느낌이 들기도 한다. 마치 날 푸른 은장도를 머리에 이고 있는 듯, 동백의 검푸르고 윤기 나는 나뭇잎을 바라보고 있자면 까뮈의 『이방인』에 나오는 장례차의 번들거리는 검은색과 동백기름으로 쪽진 검은 머리가 서로 교차되곤 한다.

춥고 어두운 계절의 긴 터널을 지날 준비를 하고 있는 동백나무를 생각하며 우리가 얼마나 자기 자신에 대한 경의와 지조를 지켜 나가고 있는지를 생각해 본다. 옛날 사람들은 결혼 당시 정절과 지조의 의미로서 실제 은장도를 주었다고 한다. 동백나무는 지금 이 시대의 우리에게 남과 여를 불문하고 마음속의 은장도를 하나씩 지니라고 권유한다.

동백은 산다山茶, 춘백春栢 등의 다른 이름으로 불리기도 한다. 아무런 미련 없이 자기의 혼을 놓아 버리는 동백꽃의 강인함과 단호함을 상기하며 동백나무를 '지조와 절개'의 나무로 명해 본다.

섬 속의 섬

뜻밖에도

바람이 불어

바람을 부르는 동박새

싸락눈이 조금 내리기라도 하면

처절하게 붉은색이

망부가를 밀어 둔 파도

사그라들지 않고

꽃송이 째로

툭!

아무런 미련 없이

섬을 놓아 버리는,

제8장

붉나무 이야기

불변과 진실의 나무

"나 한결같은 정신과 모양으로 내 자리를 지킬 터이니 내 그림자도 그러하리라."

흔히 용기를 가지라고 격려할 때 하는 말 중에 '죽은 사자의 갈기는 토끼도 뜯을 수 있다.'라는 말이 있다. 그런데 뒤집어 살펴보면 그 이야기의 이면에는 변함없이 담대한 용기를 갖는 것은 참으로 힘든 일이라는 뜻이 내포되어 있다.

'감정은 함부로 드러내어서는 안 되며, 마음은 쉽사리 만족시켜서는 안 되고, 재능은 어리석게 뽐내어서는 안 된다.'는 문구에 적절하게 들어맞는 광물이 있다.

소금이다.

소금의 역사는 지구 탄생의 역사와 같다고 할 수 있다. 공기처럼 물처럼 우리의 주변에 항상 머물러 있지만 조금만 부족해도 과해도 안 되는 것이 소금이라는 결정체다. 물론 동식물의 수분을 세균이 이용할 수 없게 삼투압을 이용한 것이 소금의 방부제 역할이기도 하고, 자기 자신을 녹여 희생함으로써 부패하지 않게 하는 힘을 가지면서도 정작 자기 자신의 속성은 결코 변하지 않는다.

소금을 닮은 나무가 있다. '정작 자기 자신의 속성은 결코 변하지 않는' 나무, 그러한 붉은 마음을 전하느라 늦가을 산하를 붉게 물들이고 있는 나무, 바로 붉나무다.

옻나무과의 붉나무는 칠수과漆樹科로 다르게 분류되기도 한다. 낙엽 소교목이며 7m 안팎으로 자란다. 8, 9월에 꽃이 피고 10월에 자그마한 열매를 맺는다. 속명으로는 염부목鹽膚木, 목염木鹽, 오배자나무, 가을철의 타는 듯한 붉은색으로 인해 불나무 등의 다양한 이름을 가지고 있다. 물론 우리나라 산하의 모든 식물이 그렇듯이 약재로도 쓰인다. 잎에 달리는 벌레집(충령)을 오배자라고 해서 출혈, 충혈, 해독의 용도로 쓰인다. 같은 과인 옻나무와 너무 흡사하여 옻이 옮을 거라는 생각에 가까이하지 않지만, 잎줄기와 잎사귀가 달린 형태를 조금만 관찰하면 쉽게 구분할 수 있다.

늦가을에 붉나무 열매의 표피에는 하얀 소금 가루가 붙어 있다. 종종 그 가루를 모아서 소금을 얻기도 했다. 깊은 산속같이 소금을 얻기 힘든 상황에서 붉나무는 인간에게 참으로 귀중한 생명 유지의 자원을 제공했다고 볼 수 있다. 옻나무과로 형제격인 옻나무의 수액은 도료용으로 사용되는데, 옻칠 도료는 어떠한 조건에서도 변색되지 않고 방부가 잘된다. 그럼에도 근래의 석유 화학 도료에 그 자리를 잃어 가는 것을 보면 참으로 안타까운 마음이 든다. 그러고 보면 기능과 방법은 다르지만 옻나무과의 식물들은 남을 썩지 않게 하는 성격을 지니고 있는 셈이다.

유달리 붉은 마음을 표현하듯 가을의 청명한 하늘과 강한 대비를 이루는 붉나무는 그렇게 불변의 힘을 지닌 채 희생의 가치를 높이 두는 삶을 권유하는 듯하다.

우리의 일상에서 누구에게나 필요한 소금처럼 필요한 자리에 서 있으라고, 공기처럼 소중하게, 편안한 그림자처럼 그렇게 각자의 생활과 각자의 자리에 있어 달라고 권하는 듯하다. 겉으로는

붉은 마음[丹心]을 드러내고, 열매의 표피에는 흰 결정체의 소금을
드러내며, '나 한결같은 정신과 모양으로 내 자리를 지킬 터이니
내 그림자도 그러하리라.'고 말하는 붉나무. '불변과 진실의 나무'
로 이름 지어 본다.

붉나무의 진실

청명한 하늘과 대비를 이루는
늦가을 산하를 붉게 물들이는 나무

삼투압을 하지 않아도
열매의 표피에 하얀 소금 가루를 머금고
나 한결같은 정신과 모양으로
자리를 지키겠노라는 듯,
겉으로는 붉은 마음[丹心]을

열매의 표피에는 흰 결정체의 소금으로 드러내며
불변의 힘을 지닌 공기처럼 소중한 가치를 두는 삶

어떠한 조건에서도 변색되지 않는 소금의 진실

제9장

이팝나무 이야기
나눔과 공유의 나무

"많이 지닌 자는 많이 잃나니, 부富가 가난함의 근심 없음만 같지 못함을 알며."

세 가지 이야기로 시작한다.

볼츠만 분포

자연 속에 숨겨진 불평등에 관한 이론 중에 모든 분자들이 똑같은 에너지를 가지고 있지 않다는 이론이 있다. 에너지가 없어서 꼼짝 못 하는 분자가 있는가 하면, 아주 빠르게 움직이는 '부자' 분자가 있다는 것이다. 분자들의 속성은 인간과 달라서 자신의 에너지를 몰래 감추거나 과장해서 자랑하지 않는다고 한다. 인간 사회에서는 나라에 따라 부자의 비율이 다른 데 반해, 분자의 세계에서는 온도만 정해지면 '볼츠만 분포'라는 규칙에 따라 부유한 분자와 가난한 분자의 비율이 결정된다고 한다. 한 물체에서 상위 20%의 분자들이 총 에너지의 46%를 차지하고, 하위 20%의 분자들이 총 에너지의 4%를 나누어 갖는다고 한다. 우리 인간도 분자로 이루어져 있기 때문에 사회가 이리 불평등한 걸까?

유토피아

중국에서는 유토피아를 '대동大同'으로 표현한다. 이 말은 『예기禮記』에 나오는 말로, 동同 자를 파자破字해 보면, 입[口]이 한 장막 아래에 있다는 뜻이 된다. 그러니까 하나의 장막 아래 모여 음식을 같이 나누어 먹는 것을 의미한다. 『예기』에서는 또 '대동 사회'를 이렇게 이야기하기도 한다. 재화財貨가 땅에 버려지는 것은 나쁘지만 반드시 저장할 필요는 없다. 즉, 대동의 의미는 재화에 대한 욕심을 버리고, 필요한 만큼 일하고, 남의 것을 탐하지 말라는 것이다.

쑥버무리와 무스 쇼콜라

어린 시절, 전쟁을 겪은 세대들에게 배고픔이란 너무도 자연스러운 일상이었다. 전쟁 뒤의 폐허에서 일상을 꾸려 가야 했던 그

때, 겨울 방학을 지내고 나면 포탄 껍질을 주우러 다니다가 잘못되어 다시는 얼굴을 볼 수 없게 된 친구들이 부지기수였던 시절이기도 했다. 그 궁핍했던 시절 대부분의 아이들이 도시락 없이 학교를 다녀야 했던 때, 봄의 쑥버무리는 아이들에게 아주 중요한 간식거리였다. 그러나 사회 전반에 가난의 뿌리가 퍼져 있던 그 시절에도 한쪽에서는 디저트의 왕이라고 불리우는 '무스 쇼콜라'를 먹고 있었을 것이다.

5, 6월에 하얀 눈송이 같은 꽃을 피우는 이팝나무는 마치 배고 팠던 시절의 쑥버무리처럼 몇천 명은 넉넉히 먹고 남을 만큼 여유로운 모습을 하고 있다. 이팝나무는 물푸레나무과의 낙엽 교목으로 약 20m까지 자란다. 가을과 겨울에는 콩깍지 모양의 열매를 맺기도 한다. 주로 동아시아 즉, 일본, 중국, 우리나라 중부 이남에 자생한다. 한자로는 육도목六道木, 다엽수茶葉樹로 불린다.

이팝나무는 이밥, 즉 쌀밥을 하늘에다 뿌려 놓은 것 같은 형상을 하고 있다. 희디흰 꽃을 이밥으로 상상했다는 것이 말해 주듯 이팝나무는 숱한 영욕을 거치며 우리 민족과 같이 가난하고 허기진 세월을 살아온 셈이다. 흔히 조팝나무와 착각을 하는 경우가 많지만 꽃과 수형에서 차이가 있다.

가난의 세월을 떠오르게 하는 이팝나무의 자잘한 꽃잎들 아래
서 어쩌면 빈부의 차이라는 것은 수많은 분자로 뭉쳐진 인간에
게, 즉 불공평한 분자로 이루어진 우리에게 이미 정해져 있던 것
은 아닐까 하는 생각이 들고 인간 사회에 이미 그러한 짐이 지워
져 있었던 건지도 모른다는 생각이 든다.

거기에 다른 점이 있다면 '정신이 어떠한 상태로 존재하는 것이
냐'의 문제다. 가난에 대해, 그 불평등에 대해 어떠한 마음으로 대
할 것인가의 문제다. 홍자성의 『채근담』 곳곳에서 읽혀지는 것처
럼 비워 낸 마음과 가난한 마음을 가질 것인가 아니면 탐욕의 마
음을 가질 것인가 하는 것이다. 이에 대해서 이팝나무는 '나 비록
말 못 하는 생물이지만 고른 마음을 가지고 살아가리라.'고 말하
는 듯하다. 대동大同이라는 큰 장막 아래서 같이 음식을 나누듯 이
팝나무의 큰 그늘 아래서 나눔의 미학을 실천하라고 권유하는 모
습이다.

성서에 '누구든지 일하기 싫어하거든 먹지도 말게 하라(데살로
니가후서 3:10).'는 문구가 있는 반면에 '가난한 자와 어린이와 과부
를 불쌍히 여기라(시편 68:5-6).'는 문구가 동시에 존재한다. 그것
을 보면서 나눔의 미덕은 오히려 예전에 훨씬 강한 규범으로 존
재했을 거라는 추측을 해 본다. 울주군 반구대의 암각화를 보면,

여럿이 협동하여 고래를 잡는 과정에 이어 고래를 잡아서 분배하는 부족들의 모습이 새겨져 있다. 각자의 역할이 나뉘어 있었다는 걸 추리해 볼 수 있는 한편, 여러 세대에 걸쳐서 기록된 철저한 나눔의 지혜가 겹겹이 암각되어 있음을 알 수 있다.

세계의 인구가 증가하면서 농경지가 줄어들자 인류는 차츰 바다를 식량 자원으로 눈여겨보기 시작했다. 그러나 세계의 어획량이 1950년에 1,900만 톤에서 1990년에는 9,000만 톤에 이르렀고, 1990년을 기점으로 감소세로 줄어들면서 더 이상 식량 자원의 확대를 기대하기 어렵게 되었다. 이미 세계의 어장은 고갈되어 가고 있고 기아 문제는 심각해지고 있는 상황이다.

그런데 더욱 놀라운 것은 그 어획량의 절반이 육류 생산을 위한 사료로 쓰인다는 점이다. 작은 물고기들은 큰 물고기들의 먹이로 사라져 가고, 부유한 나라의 기름진 식탁을 위해 인류 전체의 자원이 고갈되어 가고 있는 때이다. 비록 유전 공학과 바이오테크 기업들이 마치 젖과 꿀이 흐르는 약속의 땅으로 향한 열쇠를 지니고 있는 듯 이야기하지만, 그에 따른 부작용도 만만치 않은 듯하다. 지금이야말로 전 세계적으로 가진 자들의 나눔의 미학이 필요한 시점이다.

그리 멀지 않은 과거에 쑥버무리로 배를 채우기도 했던 유년기를 보낸 사람들에게 이팝나무는 하나의 거대한 쑥버무리였을지도 모른다. 여전히 이팝나무는 백설기 같은 꽃을 피우며 말하는 것 같다. 대동의 정신 아래 나눔의 미학. 가지지 못한 자에게는 노력을 권유하고 여유 있는 자에게는 공유하는 삶을 살라고 제언하는 듯하다. 그렇게 하는 데는 물론 그들의 문제에서 우리들의 문제로 생각하는 인식의 전환이 전제되어야 한다.

홍자성이 어떤 나무 아래서 채근담을 썼다면, 아래의 구절은 바로 이팝나무 아래에서 썼을 거라는 상상을 해 본다.

많이 지닌 자는 많이 잃나니,

부富가 가난함의 근심 없음만 같지 못함을 알며,

높은 데(벼슬길)를 걷는 이는 빨리 넘어지나니,

그러므로 귀貴가 천함의 항상 편안함만 같지 못함을 알리로다.

이팝나무

낙산 언덕 언저리에
몇백 명은 먹이고 남을
꽃밥이 수북이 피었다

전쟁을 겪은 이들의 마음속에 슬며시
가난했던 세월을 밀어 올리는 나무

아름다운 현재를 보여 달라고 하면
슬쩍 배고픈 과거를 보여 주는 꽃

수많은 가루로 시간을 뭉친 것 같기도 하고
한 뭉치의 시간을 불공평한 분자로 나눈 것 같기도 한 꽃

공유와 나눔을 생각하게 하는 가난한 마음이
낙산 저녁 자락에 그득히 피었다

배고파도 말 못 하던 과거가 현재에게

고른 마음을 가지고 살라는 듯

지금은 천덕꾸러기가 되어 버린

하얀 쌀밥 같은 말씀을 주렁주렁 매달고 있다

제10장

"용서하라, 너의 아픔이 나의 아픔이다."

일곱 개의 천구天球

죽은 사람의 영혼이 이 천구를 지날 때마다 신으로부터 권고를 받는다. 태양에서는 자만하지 말 것, 달은 질투를 버릴 것, 화성에서는 분노를 버리고, 수성에서는 탐욕을, 목성에서는 야망을, 금성에서는 정욕을 그리고 토성에서 나태를 버릴 것을 권고한다. 윗글은 조로아스터 교도들이 7이라는 숫자에 신비감을 부여하기 위해 만든 것이지만 요즈음의 온라인상에서 익명성을 통해 저질러지고 있는 사이버 폭력과 무절제한 탐욕에 비추어 보면 한번쯤 되새겨 봄직한 이야기다.

'기게스의 반지'

플라톤의 『국가』 중 소크라테스와 제자들 간의 대화에 나오는 이야기이다. 기게스라는 이름을 가진 양치기가 어느 날 지진으로 땅이 갈라져 생긴 큰 구멍을 발견하게 된다. 호기심으로 구멍을 살펴보던 기게스는 구멍 속에서 청동으로 만든 말 옆구리에 있던 시신을 보게 된다. 그 시신에 반지가 끼워져 있었는데 그 반지의 홈을 돌리자 기게스는 그 자리에서 투명 인간이 되어 버린다. 다시 반지를 돌리자 본래의 모습으로 돌아온다. 그 반지를 소유한 기게스는 결국 투명 인간이 되어 왕비와 간통하고 왕을 살해한 후 스스로 그 자리를 차지하게 된다.

소크라테스는 제자들에게 질문을 던진다. 기게스의 반지가 두 개라면 그래서 하나는 의로운 사람이 끼고 하나는 악한 사람이 끼었다면, 그 의로운 사람이 투명 인간이 되었을 때 과연 초심初心을 유지할 수 있을 것인가? 많은 이들이 어릴 때 한두 번쯤은 소망했던 투명 인간. 어쩌면 지금 우리 시대에는 이 욕망이 얼마쯤은 현실화되어 있는지도 모른다. 온라인이라는 도구를 통하여 이미 한 개씩의 기게스의 반지를 끼고 있는지도 모른다.

따끔한 회초리로 먼저 다가오는 싸리나무는 지금의 세태를 보면서 우리에게 어떤 이야기를 하고 싶을까? 콩과의 식물인 싸리나무는 전국의 산야지에 잘 자라며 낙엽 관목 혹은 다년생 초본으로 분류되기도 한다. 8, 9월에 홍자색이나 홍백색의 자그만 꽃을 피워 내며, 꿀을 따기 위해서 쓰는 밀원용 식물이기도 하다. 또 농기구 재료나 가축의 사료로도 쓰이는 등 농경 문화의 뿌리가 깊은 우리나라에서는 참으로 중요한 자원 식물이다.

싸리나무의 종류는 다양해서 해변싸리, 참싸리, 늦싸리, 잡싸리, 개싸리 등이 있고, 조금씩 비슷한 수형과 꽃 모양을 가지고 있는데 농기구에는 주로 잡싸리를 쓴다. 이러한 싸리나무의 용도 또한 다양해서 울타리로, 사립문으로, 집을 지을 때 벽체의 골격으로 쓰이기도 했고 소쿠리, 발, 다래끼, 고기를 잡을 때 쓰는 통발, 마당비 등을 만드는 등 이루 나열하기 힘들다.

그중에도 우리와 가장 친숙한 용도는 아무래도 싸릿가지로 만든 회초리다. 그래서인지 싸리나무는 '교훈敎訓'이라는 단어와 저절로 연결된다. 교훈이라는 말의 내川를 흘러 교육의 문제로 가 보면 지금 우리의 교육은 그 본래 목적대로 인간을 진정 폭넓고 큰사람으로 자라도록 만들어 주고 있는 걸까? 아니면 단순히 풍요로운 삶을 누리기 위한 수단 혹은 질적 향상의 도구로만 사용되는 것일까? 작금의 교육이라는 것이 인성을 풍요롭게 하기보다는 지식의 전달자로 전락해 버렸다는 생각이 든다. 때로는 해마다 꼭 추운 날에 웅크리고 시험을 치르는 학생들을 보면서 그들이 교육의 희생자라는 생각마저 들기도 한다. 교육이 오히려 인간이 가지고 있는 최고의 특성인 자율 의지와 사고의 틀을 정형화시켜 나가는 것은 아닌지 우려하게 된다.

우리가 책이라는 지적 도구를 통하여 사고방식을 공유하고, 통일된 의사 결정 및 정체성을 확보해 나가는 것이 반드시 나쁜 것은 아니지만, 그 또한 사고의 획일성 및 사고의 고형을 만들어 나간다는 점에서 반성 없이 똑같은 '의식의 달걀'을 만들어 나가는 것이라면 그 또한 폐해가 크다 하겠다.

싸리나무는 이러한 우리에게 그렇게 해서는 안 된다고 단호하게 이야기하는 듯하다. '찰싹'하는 소리와 함께 한 줌의 눈물과 후회 그리고 회초리를 든 어머니의 아픔이 한꺼번에 느껴졌던 그 시절로 돌아가 보라고 말하고 싶은지도 모른다. 지금 우리에게 필요한 것은 지적인 허영심을 채워 나가는 것이 아니라, 싸리나무 회초리를 통하여 받은 아픔과 깨달음일 테니까. 이 점에서 보면 싸리나무는 중요한 정신과 교훈의 전달자인 셈이다. 훈訓이라는 단어에는 가르침, 인도함, 경계함, 순하게 따름 등의 다중적 의미가 있음을 다시 한 번 생각하게 된다. 정직하지 못함, 바르지 못함, 정신적 나태함에 대하여, 수천 권의 책이 하지 못한 것을 한 줄기 싸리나무는 '찰싹' 하는 의성어를 통하여 준엄하게 경고하고 있는 듯하다. 우리들 '마음의 마당'에서 자만과 질투, 분노와 탐욕 그리고 나태를 깨끗이 쓸어 내라고 말이다.

싸리나무가 가지는 또 다른 덕성德性은 개체로서 보다 모여서 무언가를 이뤄 내고 빛을 발한다는 점이다. 한 줄기 한 줄기가 모여서 채를 만들고, 소쿠리로, 울타리로, 다래끼로 만들어지는 것이다. 바로 모여서 만들어지는 '엮음의 문화'인데 이 또한 싸리나무가 있기에 가능했을 거라는 생각이 든다. 어느 한 나라에 국한되어 있는 것은 아니지만, 특히 동양 쪽에서 이 엮음의 문화가 발달되었다.

짚, 풀, 갈대, 칡, 싸리, 부들 등의 재료로 엮고 묶어 그 지역의 환경과 생활 양식에 따라 필요한 다양한 용도의 물건들을 만들어 내었다. 그러나 그 조밀하고 옹골찬 매듭과 엮임을 보면 질박한 삶의 그늘이 가슴에 와닿기도 한다.

돌아오지 않는 사람을 기다리며 눈물 한 방울씩을 실어서 엮어

간 그 면면을 생각하면 한恨과 질곡의 삶이 짜여져 있는 것만 같다.

힘든 삶의 여정을 균일하게 일정한 간격으로 엮고 묶어서 만들어 낸 결과물들은 바구니를 비롯해 밧줄, 쇠신, 멍석 혹은 초분, 제웅, 터줏가리, 안택 고사, 제석단지 등 이루 헤아릴 수 없이 많다. 그러한 삶의 애환과 힘든 생활의 편린들이 엮인 곳에서 우리는 다른 한 면을 읽는다.

'또 다른 규범'

특출하게 굵은 것과 가는 것을 섞어서 도구를 만들 수는 없다. 결국 비슷한 굵기와 비슷한 힘을 가진 것끼리 모여서 완성형을 이루는 셈인데, 성글고 촘촘한 정도에 따라 용도를 결정하게 되어 있다. 거기에는 '어울려 사는 삶'이라는 중요한 교훈이 담겨 있고, 그 엮음에는 상호 평등이라는 정신이 내재되어 있다. 우리가 Web이라는 무형의 그물을 통하여 정신적인 소쿠리를 만들었다면 그 사용의 방법은 우리에게 달려 있다.

익명의 존재로 떠돌 수 있다 해도 Web에서는 그에 걸맞는 또 다른 규범이 필요한 것이다.

눈이 시릴 만큼 청명한 늦가을 날에 싸리나무는 '교훈'의 나무로서 또 다른 '말의 바벨탑'을 쌓지 말라고 무언의 회초리를 내리치는 것 같다. 그러면서 손을 내밀며 이렇게 속삭인다.

"용서하라, 너의 아픔이 나의 아픔이다."

길상사 싸리비

꽃무릇 보기 위해 길상사 갔더니
꽃은 이미 지고 마당 옆에
낙엽이 지면 낙엽을 쓸고
눈이 오면 눈을 쓰는
옹골차고 날씬한 싸리비를 만났다

어릴 적 대청마루 위
싸리나무 회초리와
어머니, 무언의 교훈

노거수 느티나무 아래 앉아
싸리나무를 생각했다

싸리비는 마음의 마당을 쓸어 주고
마음에 남아 있는 어머니의

싸리나무 회초리는

수천 권의 책보다

'찰싹'

눈물과 후회 한 줌

청명한 가을날

싸리나무가 주는 한마디

용서하라

너의 아픔이 나의 아픔이다

제11장

사철나무 이야기

약속의 나무

"나 그 자리에 이렇게 서서 늘 푸른 세월을 지키겠노라."

지치고 힘든 긴 여정의 끝자락에 닿게 되는 쪽빛 고향 바다는 특별하다. 멀리서부터 희미하게 감지되는 갯내음에서 이미 설레기 시작하는 마음은 먼 파도의 은빛 부서짐과 만나면서 절정에 닿는다. 고향 마을이 언뜻 보이기 시작할 즈음이면 나타나는 반가운 나무가 있다. 마치 망부가를 부르듯이 서 있던 바닷가의 나무다. 그 나무는 '언젠가는 돌아오마 약속하지 않았어도 너는 돌아와 내 곁에 서리라.'는 믿음으로 묵묵히 무언의 약속을 지키고 서 있던 나무다. 나 항상 여기에 싱싱한 갯내음과 함께 변함없이 서 있노라는 굳은 믿음을 주었던 나무다.

그 나무가 바로 사철나무다.

화살나무과의 사철나무는 우리나라 중부 이남 지방의 해변가에 잘 자라며 최대 3m까지 자란다. 보통 6, 7월에 조그만 꽃을 피워내고 10월이 되면 4개의 붉은 열매를 맺게 된다. 주로 정원수나 생울타리용으로 쓰이는데, 그 열매는 진통제와 강장제로 쓰이기도 한다. 동청冬靑, 사선목思仙木, 정목正木 등의 여러 이름으로 불리는 사철나무는 늦봄에 생명력을 느끼게 해 주는 옅은 연두색의 맑은 잎을 솟아나게 한다. 동청冬靑이라는 이름을 지은 것을 보면 미루어 짐작할 수 있지만, 유달리 한겨울의 푸르름이 강하게 인식되었던 모양이다.

노자의 이야기가 유행처럼 지나간 적이 있었다. '무위자연'을 말하는 이야기들, 자연은 스스로 그러한 것이라는 아주 쉬운 해석이 참으로 그러한 풀이라는 생각을 한 적이 있었다.

그러면서 떠올린 것이 '법法'이었다.

파자破字를 해 보면, '물이 가는 것'이다. 즉 물이 흘러가듯 위에서 아래로 무리 없이, 거스름 없이 자연의 법칙을 따르는 것이 곧 '법'이라는 뜻이다. 그런데 지금 우리의 법에 대한 인식은 이와는 많이 달라져 있다고 본다.

수천 년 전의 법은 규범, 규율, 예의, 도덕 혹은 약법삼장으로서의 법이었다. 물론 수천 년 전의 시대 상황과 생활상은 지금과는 아주 달랐을 테고, 그때 만들어진 법이라는 단어 또한 지금의 시대 상황에 꼭 들어맞는 것은 아닐 테지만, 지금의 법은 본래의 모습과는 참으로 많이 달라져 있다는 느낌이 든다.

같은 시대라도 한국의 법정과 미국의 법정에는 많은 차이가 있어 보인다. 한국에서는 원고, 피고, 변호사, 검사 그리고 판사가 주인공이 되고, 법학을 전문으로 공부한 판사의 판단에 의해 한 인간에게 처벌을 내리게 된다. 물론 법이라는 도구를 빌려서다. 한편, 미국의 법정에서 판사의 주 임무는 변호사와 검사, 원고와 피의자 간의 공정한 토론 과정을 원만하게 이끌어 주는 일종의 코디네이터 역할이다. 최종의 판단 역시 법을 공부하지 않은 보통의 사람으로 구성된 배심원에게 맡기게 된다. 거기에 동원되는 것이 수없이 많은 판례이기도 한데 미국의 엄청난 힘은 결국 배심원을 통하여 일종의 상식을 판단判斷한다는 것이다.

정작 하고자 하는 말은 사철나무 속에 있다.

사철나무가 왜 사선목思仙木으로 불리게 되었을까? 굳은 믿음으로 하늘에서 내려 주는 옷자락을 기다리고 있어서일까? 아니면 하늘이 내려 준 빛을 초록으로 반사하면서 '사철나무 아래의 굳은 맹세松盟'에 대한 믿음으로 언제든지 돌아오라며 스스로에게 약속을 되새기고 있어서일까? 그냥 그렇게 서서!

　내 유년의 추억이 묻어 있는 고향 길과 고향 집 사철나무 울타리에 기대선 어머니 얼굴의 굳은 믿음과 '나 그 자리에 이렇게 서서 늘 푸른 세월을 지키겠노라.'던 그 아름다운 사철나무의 푸르름을 기억하며, 법과 규범이나 도덕보다 훨씬 지고한 하나의 단어를 생각하게 된다.

　'약속'

　늘 푸르름을 약속한 나무, 쪽빛 바다의 푸르름과 여전히 어깨동무하며 서 있을 사철나무를 생각하며.

사철나무

멀리 희미하게 감지되는 갯내음에서
조금씩 먼 파도의 부서짐을 본다

고향 집으로 밀려드는
바람을 막아 주던 나무

삶의 허기를 풀어헤치는 사선목思仙木들이
바람이 지나는 길마다
초록빛을 반사하며
바다로 향하는 울타리로 서 있다

약속하지 않았어도
너는 생각나무로 돌아와
내 곁에 서리라

무언의 약속을 지키기 위해

어릴 적 추억을 데리고

어머니께로 돌아가는 길에

쪽빛 바다와

사철 푸르름을

어깨동무하며 서 있는 나무

제12장

참나무 이야기
재생의 나무

"자신의 몸을 뜨겁게 달궈 재로 화하는 모습을 단호하게 보여 주며 '나는 이러할진저' '다시 한 번 날아 보자꾸나.'라고 말한다."

사실, 참나무라는 나무는 없다. 참나무라는 것이 어느 한 나무를 칭하는 것이 아니기 때문이기도 하고 그 개념이 명확하지도 않다. 말하자면 '참나무'란 사실 참나무과에 속하는 수종을 총칭하는 말이라고 보면 무난할 것이다.

긴 여행이든 가벼운 나들이든 혹은 업무차 가게 되는 출장이든 차를 타고 나서 보면 평범한 야산이든 높은 산이든 상관없이 차창을 스쳐 가는 풍광의 많은 부분을 산과 나무가 차지하고 있는 것을 새삼 느끼게 된다. 자신의 마음새에 따라서 세상은 바뀌어 보인다. 기쁠 때는 산과 나무가 더불어 환한 미소를 보내는가 하면 슬플 때는 하늘과 강이 자기 자신의 마음처럼 슬픔으로 가득 차 눈물짓고 있는 것처럼 보인다. 그러나 보여지는 풍광이나 감상에 따라 변하는 모양과는 달리 사실 산속은 치열한 생존의 전장이다. 살아가기 위해서, 종족의 씨를 퍼뜨리기 위해서 끊임없는 전투를 벌여야 하는 곳이다. 아까시나무가 살다 간 자리에 들어서는 참나무과 식물과 소나무는 그 전장의 한가운데 있는 셈이다.

참나무를 생각하다 보니 문득 오래전에 보았던 영화가 기억난다. 피터 프라우드 씨의 환생(The Reincarnation Of Peter Proud)이라는 작품이다. 1975년 작으로 한국에서는 개봉되지 않았다. 갓 결혼한 피터라는 사람이 계속 같은 꿈을 꾸게 되는데, 그 꿈의 끝은 자신이 피살당하는 내용이었다. 기이하기도 하고 마음이 불편하기도 했던 그는 현실 속에서 그 장소, 그 시간을 찾아가게 된다. 그 결과 현재의 삶이 20여 년 전 존재의 환생의 삶임을 알게 된다. 피터는 점점 과거와 닮아 가다가 결국은 자기의 꿈에서처럼 두 번의 죽음을 맞이하게 된다. 'Reincarnation'라는 단어는 남의 육체를 빌려서 환생한다는 뜻인데 불교에서 이야기하는 환생과는 약간의 차이가 있다는 생각이 든다. 이 영화가 생각난 것은 문득 참나무도 환생의 삶을 사는 것이 아닌가 하는 생각이 들었기 때문이다.

광범위한 의미에서 참나무에는 상수리나무, 가시나무, 너도밤나무, 갈참나무, 떡갈나무, 신갈나무, 졸참나무, 밤나무, 구실잣밤나무 등 수많은 나무가 있지만 좁게 구분한다면 상수리나무와 굴참나무로 한정시킬 수 있다. 흔히 도토리나무라고 불리는 상수리나무는 잎이 비교적 긴 타원형이고, 굴참나무는 잎의 형태가 날씬하면서도 끝에 날카로운 가시가 있어 어느 정도 구분할 수 있다. 그리고 떡갈나무는 잎이 둥글고 그 둥근 잎이 다각으로 튀어나와 있어 구별하기가 비교적 쉽다.

원시 시대부터 나무와 불이라는 자연이 준 도구는 인류의 삶을 풍요롭게 만들어 왔다. 그러한 과정 속에서 숯은 참으로 많은 역할을 해 왔고 그 가치는 동양에서 더욱 크게 부각되어 왔다. 우리나라의 경우만 해도 취사 및 난방, 다리미질이나 바느질할 때 쓰던 인두를 데우는 용도, 방취, 방독, 절연 및 금·은·칠기의 연마제 등 일일이 열거하기 힘들 만큼 다양한 용도로 쓰였다. 게다가 세금의 한 수단이기도 했고 귀신을 쫓아버리는 데 쓰이기도 했다. 더러운 것을 제거하고 깨끗하게 하는 기능은 간장을 담글 때 그 안에 숯을 넣어 두던 것이나, 아기를 낳은 집에서 처음 외가를 찾을 때 아기의 이마에 숯검정을 칠하던 풍습에서 이미 충분히 알고 있던 것이다. 그러한 풍습은 더러운 것을 물리치고 깨끗한 것을 보존하여 아기를 보호하려는 바람에서 나온 것이라고 한다. 낙엽 교목인 참나무과 식물은 우리나라, 일본, 중국을 중심으로 분포되어 있고 4, 5월에 꽃을 피워 10월에 열매를 맺는다. 그 열매로 맛있는 도토리묵을 만들기도 한다.

상수리나무와 떡갈나무, 굴참나무의 공통점은 수피가 두텁고 연해서 코르크와 숯을 만든다는 점이다. 한 개의 몸으로 두 개의 가치를 만들어 내는 셈인데, 그중에서도 숯은 우리의 역사와 문화에 지대한 공헌을 했다 해도 과언이 아니다.

숯은 질이 낮은 검탄黔炭과 질이 좋은 백탄白炭으로 분류된다. 검탄은 흙가마에서, 백탄은 돌가마에서 만들어 낸다. 요즈음은 주로 흙가마를 사용하지만, 그리 멀지 않은 과거에는 시골에 가면 돌가마를 어렵지 않게 볼 수 있었다. 흙가마에서 만드는 검탄은 600~700도로 정련한 뒤 굴뚝을 막고 그 안에서 서서히 소화消火시킨 것이고, 돌가마에서 만드는 백탄은 1,000~1,300도로 정련한 뒤 순식간에 불기를 꺼 버린 숯이다. 참나무는 이렇게 우리 선조들의 삶 구석구석에 깊게 뿌리내리고 있었다.

그런가 하면 참나무과 식물들의 속성에는 자연스럽게 재생의 나무라는 생각이 들게 만드는 또 다른 면이 있다. 참나무과 식물들은 살아서는 숲을 뛰어노는 작은 동물들의 먹이가 되어 주고, 시원한 그늘을 만들어 주는가 하면, 수피로 지붕을 이어 만든 굴피 집의 일부가 되기도 하고, 버섯의 자양분을 만들어 주기도 한다. 그리고 죽어서는 염화 지옥의 뜨거운 불 속에서 자기의 성격과 본질을 모두 태워 버리고 모든 나쁜 것을 빨아들이는 정금의 제련술사처럼 재생하여 새로운 삶을 일으킨다. 검정색은 모든 색을 빨아들여서 그렇게 보이는 것이라 한다. 그렇다면 참나무가 만들어 내는 검정 숯은 자기 자신의 모든 것을 버리고 세상의 나쁜 요소를 빨아들여 그렇게 보이는지도 모른다. 어찌할 수 없는 회색지대 속에서 흑도 백도 아닌 채 살아가는 우리네 인생에게, 자신의 몸을 뜨겁게 달궈 재로 화하는 모습을 단호하게 보여 주며 '나는 이러할진저'라고 말하는 듯하다. 마치 이상의 「날개」처럼 '다시 한 번 날아 보자꾸나.'라고 말하는 듯하다. 참나무가 전하는 재생의 삶은 그래서 횟수를 뜻하는 게 아니다. 우리가 우리에게 주어진 단 한 번의 삶을 통하여 스스로 가진 바 가치를 소중히 키워 간다면, 그 자체로 참나무가 보여 주는 재생 혹은 두 번의 삶과 그리 다르지 않다는 생각이다. 거기에 비로소 참나무가 이야기하는 '참'이라는 가치, 어디에도 비교할 수 없는 가치가 있다.

재생하는 참나무

높아져 있던 하늘도 찬연한

가을바람에 사위는 날

창경궁 관덕정 앞 굴참나무

팽팽했던 여름, 푸른 몸 기억으로 남기고

11월 바람에 도토리도 떨구어 내고

빈 몸으로 바람에 밀리고 있다

한때는 푸름으로 숲을 덮고

작은 동물들의 먹이가 되어 주고

수피로 지붕을 이어 만든

굴피 집의 일부가 되기도 하고

코르크가 되고, 버섯의 자양분이 되기도 하고

죽어서는 뜨거운 불 속에서 본질을

모두 태워 버리고 나쁜 것은 빨아들이는

정금의 제련술사처럼 1300도로 정련한 뒤
자신의 몸을 뜨겁게 달궈 질 좋은 백탄으로 재생하는

이상의 「날개」처럼
'다시 한 번 날아 보자꾸나' 하는 듯

제13장

모감주나무 이야기

평화의 나무

"꽈리 속에 든 세 개의 검은 열매는 과거불, 현재불, 미래불의 원이 한 가지씩 자리하고 있는 것만 같다."

밤하늘의 별자리를 올려다보면 느닷없이 평화가 그립다는 생각이 들곤 한다. 거문고자리를 보며 오르페우스에게 하프를 연주하게 하여 나무와 바위를 춤추게 하는 날은 언제일까. 전갈의 독이 꿀이 되는 평화의 날은 언제 오는 것일까. 갈치의 자기 꼬리를 잘라 먹는 포식성이 없어지고, 어미를 잡아먹는 망둥이(무조어, 문절이)의 유전적 야만성이 없어지는 날은 올까. 어디에도 없는 곳이 유토피아라면 아르카디아(Arcadia)는 존재하는 것일까. 그런 생각들이 꼬리를 물고 이어진다.

문화와 사상이 다르다는 이유로, 이념이 다르다는 이유로, 혹은 자기 자신의 이익을 위하여, 사람들의 세상에서 힘의 불균형이 깨질 때 전쟁이라는 단어가 돌출하게 된다. 물론 인류의 역사가 전쟁으로 점철되기도 했고 그 전쟁이라는 과정을 통하여 서로 다른 문명이 만나 문화의 상호 교류라는 순작용을 낳기도 했지만, 그 본질은 달라지지 않는다. 인간과 인간이 서로 시기하고, 증오하며, 유혈 사태를 빚어 목숨을 앗아 간다는 점에서는 반드시 사라져야 할 것이다. '제발'이라고 염원하게 된다. 머리가 비고 덩치가 큰 아이가 자기보다 훨씬 약한 친구를 때리고 금전적 대가를 요구하는 상황과 거의 흡사한 요즈음 국가 간의 사태를 보면, 이 유치한 상황을 언제까지 어디까지 몰고 가려는 것인지 답답하기만 하다.

평화와 사랑과 평온함만 존재하는 곳이 낙원이라면, 모감주나무도 그곳에 서 있을 자격 요건을 갖춘 나무라고 단언해 본다.

무환자나무과의 모감주나무는 동아시아에 분포하는 낙엽 관목이다. 흑엽수黑葉樹, 염주나무로 불리기도 하는데 우리나라 경남 지방 및 중부 지방과 일본, 중국에 자생하고 있다. 분당에 가로수로 꽤나 많이 심겨 있어서 반가웠던 기억이 난다. 이 나무는 크기가 대략 10m 정도까지 자라며 6, 7월에 비교적 여린 잎과 함께 노란색의 꽃을 피워 낸다. 노란 꽃의 가운데는 붉은색을 띠고 있어 꽃은 작지만 긴 꽃술과 함께 아름다운 풍채를 자랑한다. 10월에 열매가 성숙되는데, 그 모양이 삼각형의 꽈리 모양으로 멀리서 보면 그 꽈리 자체가 마치 단풍이 든 듯 아름답다.

그 꽈리 속에 검은색의 열매가 세 개씩 맺힌다. 그 열매로 염주를 만든다.

수류산포水流散布

식물이 자기의 종자를 퍼뜨리는 방법은 다양하다. 바람을 이용하는 방법도 있고, 향기나 현란한 빛깔로 곤충을 유혹하거나 새들의 먹이가 되어 멀리 씨앗을 보내는 방법도 있다. 그런가 하면, 수십 년을 단단한 껍질 속에 있다가 산불이 나면 폭탄 터지듯 폭발해 넓게 퍼뜨리는 방법을 택하기도 한다. 이러한 경우를 보면 모감주나무는 수류산포水流散布, 즉 바다나 강물에 종이배 띄우듯 종자를 띄워 퍼뜨리는 방법을 택한다.

모감주나무의 꽈리 모양 속에 든 세 개의 검은 열매는 그러한 방식으로 퍼져 나간다. 그 세 개의 검은 열매는 과거불, 현재불, 미래불의 원이 한 가지씩 자리하고 있는 것만 같다. 현재 우리가 살아가는 세상과 더욱 대비되어서인지, 삼각뿔 모양의 꽈리마다 동자승의 염원을 품고 있을지도 모른다는 생각이 든다. 모감주나무가 절이나 묘지 가까이에 많이 심겨 있는 것을 보면 그 또한 우연은 아닌 듯하다.

금강저金剛杵라 불리는 법구가 있다. 금강저 모든 번뇌를 부수고 깨우칠 수 있다는 그 구슬의 정체는 무엇일까? 우리가 깨우침을 얻기 위해 거친 바다와 험한 풍랑을 견디며 바다를 건너왔다면, 도착한 그곳이 피안이든 차안이든 무슨 상관일까? 내가 뿌리를 내리는 곳이 낙원이고, 이 단단한 열매를 내 스스로 깨우칠 때 그곳이 정토가 되리라는 확신을 얻는다면, 험난한 여정이 곧 깨우침의 과정으로 받아들여질 수도 있겠다는 생각이 든다.

반야바라밀다심경의 마지막 구절인 '아제아제 바라아제 바라승아제 모지사바하'를 내가 금강자였다면 이렇게 풀이하겠다.

"가자 가자 어서 가자

저 푸르디푸른 지혜의 바다로"

모감주나무를 일념주一念珠라고도 부르기도 한다. 그것에 착안해 평화를 기원하는 나무로 청해 보면 어떨까?

불교와 기독교, 이슬람교와 달리 그리스 로마 신화에 등장하는 신들은 시기하고, 질투하며, 인간과 애증 관계를 맺는 상당히 인간적인 신들이다. 오히려 권위주의적이고, 완벽하고, 유일하다고 외치는 것보다 훨씬 정감 어린 신들이라는 생각이 들고, 어쩐지 싸움과 전쟁을 하더라도 유머러스할 것 같은 미완성형 신(?)들로 다가온다.

그들처럼, 혹여 싸우더라도 평화로운 세상을 염두에 두라고, 아니면 끊임없이 평화를 기원하라고 말하는 모감주나무의 모습이 그려진다.

우리 마음속의 기원과 또한 구원이라는 과정을 통하여 미륵 정토를 꿈꾸고 있을지 모르는 모감주나무는 그렇게 '평화'라는 단어를 집어 든다. 그 나무 하나하나마다 염원을 심는 것이 우리의 일이다. 꽈리 속 검은 열매 하나하나가 꿰어져 염주가 완성되듯 사람들이 저마다 손을 잡고 평화로운 세상을 일궈 가는 날이 오기를 염원하는 듯하다.

꽈리 속 세 개의 종자

유월, 짙은 신록 위에 하늘을 향했던
꽃잎들을 낱낱이 곧추세워
신라 왕관을 닮은 황금빛 꽃등을 켜
풍채를 자랑하고

시월을 기다리면 세모꼴 초롱 속에
비밀스럽게 앉아 있는 금강석처럼 단단한
세 개의 열매들이 가을바람에 익어
동자승의 염원으로 담기는
금강자金剛子

금강자金剛子 모감주나무 씨앗의 다른 이름, 이 씨앗으로 염주를 만든다.

제14장

닥나무 이야기

기록의 나무

"은행나무가 살아서 천 년이라면, 닥나무는 죽어서 몇천 년을 사는 셈이다."

'발견'이라는 단어를 받아들일 때 대개의 사람들은 별다른 검증 없이 주입된 대로 받아들이고, 별다른 심각성이 없이 쓰곤 한다. 그러나 예를 들어 '아메리카 대륙의 발견'이라는 역사적 서술에 대해 그것에 과연 발견이라는 말을 써도 되는 것인지 묻게 된다. 개척자 정신에 불탄 미국인의 입장에서는 당연히 '발견'이었겠지만, 그곳에서 기존의 삶을 영위하고 있던 인디언의 입장에서는 명명백백한 침략이었다.

사람과 자연의 관계에서는 어떨까?

우리 생활에서 빼놓을 수 없는 닥나무는 '발견'된 것일까? 아니면 자기 자신이 어떻게 쓰이리라는 것을 알았을까? 그도 아니면 동양인들이 그저 닥나무를 잘 이용한 것일까? 아직은 그 답을 내릴 필요가 없을 것 같다.

뽕나무과인 닥나무는 표고標高 100~700m에서 자생하는 낙엽활엽 교목으로 만주, 일본, 한국 등에 분포하고 있다. 크게는 3m 정도까지 자라기도 하지만 유용성으로 본다면 키가 그리 크지 않을 때가 더 유용하다. 추위에 강하고 햇빛을 좋아하는 양수이기도 한 닥나무는 부식질이 많은 사질 양토를 선호하는데, 섬유질의 길이가 길고 질겨서 주로 창호지나 화선지로 쓰인다. 한국, 일본, 중국에 식생이 집중되어 있는 것을 보면 어쩐지 동양의 문화를 지켜 나갈 수 있게 지역적으로 배려된 느낌을 가지게도 한다.

뽕나무과 식물들의 공통점이 뽕잎을 먹은 누에고치가 몇백 년을 가는 아름다운 실크를 만드는 일인 것처럼, 닥나무는 자기 몸을 해체시켜 순백의 화선지로 변한다.

우키요에와 스테인드글라스 모자이크는 어떻게 보면 건축물에 박아 넣는 새로운 형태의 그림이다. 본래 메소포타미아인들이 주로 사용했던 기법이다. 그 이후 비잔틴 모자이크에서 반짝이는 금박 배경을 깔면서 효과가 커진다. 이러한 기법이 북부 유럽으로 확대되면서 스테인드글라스가 널리 유행하게 된다. 이 스테인드글라스의 조각들은 크기에 제약을 받았기 때문에 채색 유리 조각들을 놓고 흑색 에나멜로 섬세하게 그렸고, 납 조각은 불로 녹여 유리 조각을 결합시켰다. 이러한 기법은 19세기 유럽의 고딕 양식 부활과 함께 다시 태어나게 된다. 이러한 빈틈없고 정교한 스테인드글라스는 동양의 수묵화나 필묵화와 자연을 보는 관점에서부터 다르다 하겠다.

동양에서는 오히려 그림이 정신적 훈련의 도구로 많이 사용되었다고 볼 수도 있고, 회화 자체가 원근법이 무시된 면이 있다. 그것은 어쩌면 서양처럼 작가가 관찰자 입장에서 사물을 본 것이 아니라 그 그림 속의 무엇, 즉 그림 속 자연의 일부가 되어 사물을 본 것이 아닌가 생각된다.

서양이 그러한 반면에 동양에서는 아주 독창성 있는 기법이 발달하게 된다. 예를 들어 16세기 일본에서는 단일 색채의 평면으로 구성된 그림을 그렸는데, 그것을 우키요에라 불렀다. 그리고 공간성을 부여하기 위해 떠 있는 듯한 형태를 연출해 내었다. 서양화와 동양화의 가장 큰 차이점은 여백에 있다고 본다. 그 여백이 있게 하는 데는 붓이라는 훌륭한 도구와 닥나무로 만든 종이의 공이 크다 하겠다. 흑백의 강약만으로 닥나무가 내어 준 흰 몸 위에 일필휘지하고 나면 그 순간의 힘과 기개와 정신을 빨아들여 자기 몸에 간직하는 것이다. 그 빨아들이는 성질이 동양화를 있게 하고 붓과의 조화를 가능하게 하는 것이다.

닥나무는 바로 그런 인자를 스스로 가지고 있는, 즉 주고 다시 받아들이는 나무라는 점에서 회귀의 나무이기도 하다.

'쇠귀' 님께서 말한 '역사를 배우는 게 아니라 역사로부터 배워야 한다.'는 단초를 제공하는 것도, 준엄한 사초를 쓸 수 있게 한 것도, 또한 어떤 위협 속에서도 흔들림 없는 강필로 적어 내린 기록과 역사의 뒤안길에서 엄정함을 내세우게 한 것도 이 닥나무가 있었기에 가능했던 일이다. 그런 의미에서 닥나무는 기록의 나무인 셈이다. 순백의 형태로 온몸을 내어 주는 닥나무는 우리에게 버리고 비우며 살라는 메시지를 전하며 용기를 준다. 여백의 삶과 준엄함을 내포하면서 백지로 내어 주는 정신을 가지라고 말이다.

불사조不死鳥라고도 불리는 피닉스처럼 보존과 희생과 가치의 나무로서 저 혼자 큰 잎을 사그락대면서 미래에 자기 몸에 담길 흑백의 묵향을 그리워하고 있는지도 모른다.

가을이 깊어 가는 소리가 들리는 날. 살아서 천 년을 산다는 은

행잎 한 장을 들고, 죽어서 몇천 년을 사는 닥나무를 생각하게 된다.

닥나무

죽어서 비로소

천 년을 사는 나무

초록 뒤에 순백의 마음을

숨겨 놓고

바람 한 번 지날 때

붓을 흔들어

말하지 못한 말

숨기고 있다

마음을

풀어놓기 시작하는 나무

초록 너머 후생의 삼국유사

제15장

향나무 이야기
예지의 나무

"너의 운명을 받아들이라."

두 가지의 전혀 다른 이야기로 향나무 이야기를 해 보려고 한다. 고대 이집트와 그리스, 로마 시대의 태양 숭배와 관련이 있는 전설의 새 불사조(Phoenix)는 항상 한 마리뿐이었다. 그래서 수명이 다해 가면 향기로운 나무와 향료로 둥지를 만들어서 스스로를 태우고 그 속에서 새로운 불사조가 솟아올랐다고 한다. 그리고 몰약沒藥으로 된 알 안에 죽었던 새의 재를 염하여 태양신의 제단 위에 그 재를 바쳤다. 이 이야기 속엔 영생을 갈구한 인간의 마음이 구절구절 표출되어 있다.

이야기를 조금 더 확장시켜 보면 불사조라는 개념을 국가와 연관시켜 영원한 제국, 영원한 도시 등을 은연중에 민중에게 각인

시켰을지도 모른다는 생각이 든다.

부부는 닮는다는 말이 있다. 처음 이 말을 들었을 때는 부부가 오랫동안 같이 삶을 영위하다 보면 생각과 습관 등이 비슷해져서 삶의 형태가 서로를 닮아 가는 것 아니겠나 정도로만 생각했다. 그런데 요즈음 제기되는 사회학자의 새로운 가설을 보면 조금 다르다. 본래 인류는 근친 인자를 선호하는 경향이 있는데, 그 인자를 소유한 가장 가까운 사람은 아버지와 어머니라고 한다. 굳이 엘렉트라콤플렉스, 오이디푸스콤플렉스를 거론하지 않더라도 남자의 경우 자기의 어머니와 가장 비슷한 여성을 선택하기 쉽다는 결론이다. 조금 비약해 보면 형型에서 체體를 읽고, 체에서 그 형을 유추할 수 있다는 말이 된다. 이처럼 형태로 먼저 자기 미래의 모습을 사실적으로 보여 주고 있는 나무가 있다.

측백나무과인 향나무는 회백檜栢, 향목香木, 노송나무 등의 다양한 이름으로 불리기도 한다. 눈향나무는 마치 누워 있는 향나무를 닮았다 해서 지어진 이름이기도 하다.

향나무는 주로 중국, 일본, 우리나라에 자생하고 있는데, 특히 울릉도에 많다. 상록 교목으로 20m까지 크는 경우도 있고 4월에 연한 자갈색 꽃을 피우기도 한다. 아주 조그마한 꽃이다. 1년 뒤의 10월쯤에는 동그마한 열매를 맺는다. 주로 관상용으로 많이 심지만 요즈음은 그리 인기 있는 수종이 아니다. 원인이야 여러 가지 있겠지만 일제 시대에 일본인들이 선호하는 나무이기도 했고, 가을에 병충해가 있어서 특히 과수원을 하는 사람은 질색을 하기도 한다.

그리스 신화에서는 미색을 자랑하다 아프로디테의 질투를 견디지 못하고 아버지의 아이를 가진 '스미르나'가 결국 향나무로 변하고 만다. 향나무는 그런 운명의 나무이기도 하다.

아주 오래전으로 올라가 보면 향료라는 것은 부의 상징이기도 했다.

그러나 현대 서구에서 오감 중의 하나인 후각이 평가 절하된 시기가 있었다. 그것은 18, 19세기에 걸쳐 있었던 감각에 대한 재평가 작업과 직접적인 연관이 있다. 이 시기의 과학자 및 철학자들은 이성과 문명을 주관하는 감각은 시각이며 반대로 후각은 야만성과 광기에 찬 감각이라고 평가 절하해 버렸다. 그러한 논리에 힘을 실어 준 여럿 가운데 프로이트와 다윈도 있다. 인간 진화 과정에서 후각은 뒤처지고 시각이 우선권을 가졌다고 논한 것이

한쪽으로 기울게 한 주된 원인이 되기도 했다. 그러나 고대사로 거슬러 올라가면 향수 및 향료의 중요성은 우리가 상상하기 어려울 정도이다. 비위생적이고 거친 환경에서는 향료가 단지 악취를 '제거'하는 것이 아니라 '제압'하는 것이었다. 고대의 연회는 앉아서 하는 것이 아니고 대부분 누워서 하는 것이었다. 식탁에 앉아서 음식을 먹는 것은 고통이라고 생각했기 때문이다. 그리고 오감五感을 활용할 수 있게 준비되었다. 안락한 자리에서 포도주 잔을 들고 음악과 춤을 즐겼으며 식사 전후에 훈향을 피우곤 했다. 향은 음식 냄새를 가시게 하고 공기를 향기롭게 하는 한편, 그 향기를 수호신에게 바치기도 했다. 이집트인은 죽은 자가 향연을 이용해서 신에게로 갈 수 있다고 생각했을 정도였다고 한다.

매향埋香

고려 말과 조선 초기에는 민물과 바닷물이 만나는 갯벌에 향나무를 묻었다. 왜구들의 침입이 빈번한 곳이기도 했다. 이렇게 묻어 두었던 향나무가 미륵으로 태어나 자신들을 보호해 줄 거라는 민간 신앙 때문이었다. 뻘 속에 잠긴 향나무는 자기 자신의 향을 잃어버리는 것이 아니었다. 속으로 더욱더 침잠하며 향이 짙어지고 짙어져서 마침내는 더 이를 수 없는 상태가 된다.

그 속에서 향나무는 다시 태어나면 인간사를 다하고 하늘로 가는 지친 영혼이 더 이상 괴로움과 고통 없는 나라로 가는 길에 동무가 되겠다는 생각을 했을지도 모른다.

또 도의 끝없는 정진의 길에 나선 수도자의 손에 들려 있는 염주로 거듭나게 해 달라고, 아니면 부처의 마음을 가진 목공의 손에 들어가 그 자신과 꼭 같은 모습의 불상으로 거듭나게 해 달라고 기원했을지도 모른다.

하지만 향나무의 주된 용도는 아무래도 향료로 많이 쓰인다. 내부에는 향기로운 인자를 가득히 농축시키고 있지만 그에 비해 향나무의 수피는 그리 아름답지만은 않다. 가지치기를 하지 않은 향나무의 수형을 보고 있노라면 마치 불길이 타오르는 듯한 모습이다. 마치 자기 자신의 종래의 모습이 활활 타오를 것이라는 것을 예지豫知하고 있는 듯하다. 그 형型은 비록 여러 가지 모양을 지니고 있지만, 향나무는 결코 자기의 본래의 모습을 잃지 않고 있다. 다만 그것이 불사조를 거듭나게 하는 데 쓰여졌다 해도 나의 모습이 이러한데 무엇을 더 숨길 수 있을 것인가 '툭' 화두를 던지는 듯하다.

자기 자신이 불타오를 것이라는 것을 예견할 수 있는 나무, 또한 자기 자신의 내밀한 속성을 과장 없이 거짓 없이 드러내는 향나무를 통하여 저녁이 아름다운 집 석가헌夕佳軒을 그려 본다.

우리도 '우리의 미래의 모습을 그려 내고 예견할 수 있다면' 하고 욕심을 부려 보기도 하고, 불사조의 특권인 용기와 재능과 지혜를 타오르는 향나무처럼 재생시켜 보고 싶은 마음을 내어 보기도 한다. 그런 우리를 향해 '예지'라는 이름의 나무는 말한다.

"너의 운명을 받아들이라."

향나무 연필

밤늦은 시간에 사르락 사르락
노란 향나무 연필을 깎다가
문득 나무의 향을 맡아 본다

작은 나무에서 큰 나무가 되고
향기로운 인자를 가득 농축시키고
꾸불꾸불 휘어진 목피 안에서
바람이 만들어 준 지문으로
향을 품었다가 연필이 되어 준

유년, 기억의 퍼즐

초등학교 일 학년
연필을 깎아 필통에 가지런하게
담아 주시던 어머니

몽당연필이 될 때까지 볼펜 뚜껑에 끼워 쓰던

그때를 생각하면

기억은 선명해진다

언제나 새롭게 시작되는 이야기

누구나 가지고 있는 기억의

저장 창고에 고스란히 남아 있다

제16장

무화과나무 이야기

기다림의 나무

"이 세상에서 가치 없는 삶은 없다."

오래전부터 왜 나무의 이름은 생긴 모습이나 열매 혹은 약리 작용에 의해서 결정되어야 하는지 항상 의문이 들었다. 그래서 늘상 우리 주변에서 흔히 볼 수 있는 나무들의 의미를 바꿔 보고 싶은 생각이 들었다. 어떤 나무는 철학적이고 논리적으로, 어떤 나무는 서정적이고 감성적으로 다가왔기 때문이다.

줄탁동시 啐啄同時

줄탁동시는 주로 선종에서 인용되는 말로, 이상적인 사제지간을 지칭하는 것으로 알려져 있다. 달이 차서 알 속의 병아리가 부화되기 직전, 알의 내부에서 병아리가 연약한 부리로 껍질을 쪼는 것을 '줄啐'이라 하고, 어미 닭이 그걸 듣고 밖에서 마주 쪼아 껍질을 깨뜨려 주는 것을 '탁啄'이라고 한다.

흔히 계란을 아주 약한 것으로 생각하기도 하지만, 연약한 병아리에게 계란의 껍질을 깨기란 여간 어려운 일이 아니다. 병아리가 세상 밖으로 나오기 위해 이처럼 혼신의 힘을 다해 몸부림칠 때 어미 닭이 같이 쪼아 주는 이 줄과 탁은 동시同時에 일어나야만 온전한 병아리가 나올 수 있고 또 닭으로 성장할 수 있다. 새로운 생명의 의미를 부여받기 위해서는 그만한 대가의 아픔이 수반된다는 뜻이기도 하다. 수도승의 의문이 크면 클수록 그 깨우침의 깊이가 크듯이, 큰 아픔을 겪은 사람일수록 세상을 보는 힘이 강해지지 않을까 생각해 본다.

꽃 없는 나무 무화과를 볼 때마다 늘 보이지 않는 아픔이 느껴진다.

무화과 하면 무엇과도 비교할 수 없는 달콤한 과육을 떠올리지만 그와 동시에 아마조네스라는 전혀 다른 성격의 단어가 떠오르기도 한다. 아마조네스라는 여인들만의 공화국이 꽃 없는 나무와 연계되어 은유적으로 비교되기 때문이다. 오래전에 파트리크 쥐스킨트의 『향수香水』를 읽으면서도 무화과나무를 떠올렸다. 주인

공 그르누이는 지구상의 모든 냄새를 초감각적으로 맡고 분류할 수 있으나 정작 자기 자신은 아무런 체취가 없는 모순을 안고 있다. 지상 최고의 향수를 만들기 위해 살인을 하고 종래는 자기 자신의 몸에 그 향수를 뿌리고 자신의 몸을 내어 준다. 모순의 해결인 셈이다. 향수의 주인공이 가지고 있던 생태적 모순이 죽음으로 완결되었다면, 꽃 없는 나무 무화과는 그 자체의 모순을 어떻게 해석하고 풀어야 할까?

뽕나무과의 무화과나무는 천화과天花果, 선도仙桃, 밀과蜜果 등으로도 불린다. 아마 복숭아와 함께 하늘나라에 있었던 나무라고 여겼던 모양이다. 원산지는 아라비아 서부, 지중해로, 우리나라에서는 남부 지방의 비교적 낮은 곳에 서식하고 있다. 낙엽 관목이며 3m 정도로 자란다. 모양은 쉽게 상상이 되리라 생각한다. 살충, 회충 등의 약용으로 쓰기도 한다. 8, 9월에 익는 열매는 꿀과 같이 달아서 사람들로 하여금 항상 이 계절을 목이 빠지게 기다리게 만드는 과일이었다.

내 유년 시절의 무화과는 그런 기다림의 나무였지만, 생의 많은 시간을 보낸 지금 바라보는 무화과나무는 다르게 다가온다. 어느 덧 부모를 여읠 나이 때가 되어서인지 문상하러 가는 일이 잦아지다 보니 앉아서 듣게 되는 이야기도 많다. 그중 운구 과정의 이야기를 들으면서는 절로 고개를 끄덕였다. 장례의 중간 과정에 운구하는 과정이 있다. 그런데 운구하는 분들의 공통적인 이야기가 그때가 되면 그렇게 무겁게 느껴질 수가 없다는 것이다. 그 말을 들으면서 연신 '그러하겠지요. 당연히 그러하겠지요.' 되뇌었다. 운구자의 어깨를 짓누르는 그 무게는 그 사람이 살아왔던 삶의 궤적의 무게일 테니까. 그것은 어떠한 가치로서의 삶의 무게일 테니까.

가치 없는 삶도 있을까? 우리 삶의 가치를 누군가 어떠한 환경, 조건, 높고 낮음에 근거에 측정한다면, 존재와 가치라는 것에도 상하고저가 있다. 비록 꽃 없는 나무지만, 우리에게 달콤한 열매를 안겨 주는 무화과나무는 이렇게 교훈한다. '이 세상에서 가치 없는 삶은 없다.'라고 말이다.

무화과는 그렇게 존재의 가치를 되새기게 하며, 따가운 햇살 아래서 달콤함을 내밀하게 농축시키고 있을지도 모른다.

우리 내면의 무게와 함께 같이 익어 가자고 권유하면서 말이다.

무화과

꽃 없는 열매로 알았다

꽃 시절 없다는데
속이 찬 열매 속에 감춘
붉은 꽃술
겉으로 꽃 피울
꿈을 꾸지 못했던가

무화과 붉은 가슴이
온통 꽃인 것을
미처 몰랐다

제17장

양버들 이야기

그리움의 나무

잊혀진 것에 대해 굳이 저 깊은 기억의 우물에서 두레박으로 건져 올리지 않아도 어제 일인 양 살아나는 것들이 있다. 아련한 꿈을 통해서, 어릴 적 함께 뛰어놀던 친구의 싱그러운 땀 내음의 기억에서 혹은 힘찬 달음질 끝의 건강한 박동에서 그렇게 문득 문득 고향은 살아난다. 도시 생활을 하다가 고향으로 가려면 언제나 가장 먼저 생각나는 교통수단은 기차다. 이상하리만큼 기차를 타기만 하면 아직도 고향으로 간다는 생각을 하게 된다. 무의식의 심연 속에 고향과 어머니와 기차는 같은 선상에서 인식되어 있다. 고향으로 가는 길엔 항상 거친 돌멩이와 패인 웅덩이와 가끔씩 지나가는 버스의 뒷꽁무니를 따르던 뽀얀 먼지들이 있었다. 길가의 작은 내, 익어 가는 누런 곡식 등의 풍광은 늘 마음 한편에 자리 잡고 있고, 그리고 그 옆에 항상 도열해 있던 나무가 있다.

여행을 하다 문득 만나게 되면 어김없이 잃어버린 추억과 고향을 일깨우는 나무, 바로 양버들이다.

버드나무과 식물인 양버들은 유럽 원산으로 오래된 귀화 식물이기도 하다. 구주백양歐州白楊, 미루美柳, 강선포플러 등으로 불리기도 하는데, 엄격하게 분류하면 미루나무는 별개로 해야 한다. 낙엽 교목이며 높이가 30m까지 자라기도 한다. 자웅 한몸이고 3, 4월에 꽃이 핀다. 특히 봄에 잎이 돋을 때 자세히 보면, 처음에는 연한 붉은색을 띠다가 점차 햇빛을 받으면서 녹색으로 변해 가는데 그 연한 붉은 색깔이 어린아이가 태어날 때의 애잔한 모습과 같다는 생각이 들 정도이다. 흔히들 이태리포플러와 은사시나무와 양버들을 착각하는 경우가 많은데, 양버들에 비해 이태리포플러는 조금 둥근 수형을 가지고 있다. 은사시나무는 은수원사시나무와 은백양 사이의 자연 잡종인 나무이며 수피가 비교적 흰 편이라 자칫 자작나무로 착각하기 쉽다.

구름과 아주 가까운 나무, 어머니께로 가는 길에 서 있던 나무. 잃어버린 고향으로 가는 길목에 서 있던 양버들은 무슨 생각을 하고 서 있었을까?

습윤한 토양을 좋아하는 양버들은 신작로를 따라 늘어서서, 등교길 아이들의 재잘거림이나, 잔칫집엘 가기 위해 여러 가지 음식을 이고 가는 아낙네의 혼잣말, 청운의 꿈을 꾸며 떠나간 기억하지 못할 군상群像들의 모습이나, 그 많은 이들의 실패와 좌절 혹은 즐겁거나 괴로운 이야기들을 들어왔을지도 모른다. 그 오랜 이야기들을 간직한 채 그냥 그 자리에서 지나간 시절들을 그리워하며 서 있을지도 모른다.

푸른 하늘을 향해 곧게 자라고 있는 모습을 보며 어쩌면 저 나무의 고향은 하늘일지도 모른다는 생각이 든다. 해거름이 되고 별이 조금씩 자기의 존재를 드러낼 즈음이나 별자리도 선명한 겨울날 칠흑 같은 밤에 차고 매서운 바람이 불어오면 양버들은 자기의 몸으로 거대한 하늘 마당을 쓸고, 은하수를 쓸고 있는 듯이 보인다. 마치 갈 수 없는 고향의 앞마당을 청소하듯이.

저 멀리 있는 추억의 신작로 하나와 그 옆에 도열해 서 있는 양버들을 생각하며 구두에 채이는 돌 하나와 그 길에 버려 두었던 수많은 상념의 뿌리를 생각하며 누구에게나 추억이라는 이름의 나무 한 그루쯤은 있어야 하지 않을까 생각해 본다.

양버들 빗자루

굳이 저 깊은 기억의 우물 속에서

두레박으로 건져 올리지 않아도

선명하게 출렁이던

양버들

어릴 적 뛰어놀던 친구 어깨의

싱그러운 땀 내음

힘찬 달음박질 끝의 건강한 박동에서

매미 울음소리가 들렸다

봄에 연한 나뭇잎이

점차 햇빛을 받으며

녹색으로 변해 가던

나이를 훌쩍 넘어

구름과 아주 가까운

해거름에 별이 조금씩

제 모습을 들러낼 때

칠흑 같은 밤의 별자리에

차고 매서운 바람이 불어오면

거대한 은하수 하늘 마당을

쓸고 있는 것이 보인다

마치 돌아갈 수 없는

고향의 앞마당을 청소하듯이

제18장

사과나무 이야기

희망과 경고의 나무

"사과를 너무 짜지 마라, 쓴맛이 나온다."

일반적으로 우리가 사물을 '본다'라는 말을 한자와 영어의 힘을 빌려서 구별해 보면 이렇다. 대략 視視, 견見, 관觀으로 구분할 수 있는데, 좀더 명쾌하게 풀어 보면, 시視는 To see, 즉 단순하게 피사체를 시각의 힘을 빌려서 보는 것이고, 견見은 To be seen, 사물이 보이는 것 자체를 주관적 견해를 가지고 보는 것이라면, 관觀은 See through, 즉 사물을 꿰뚫어 보거나 그 사물이 가지고 있는 속성을 파악하는 것이라고 할 수 있다.

가끔씩 나무에 대해 박식하다는 말을 들으면 썩 내키지 않을 때가 있다.

'박식'이라는 말을 좀 다르게 풀이해 보면, 학문에 근면한 자의 특색인 일종의 무식이라고 표현이 가능할 것 같다.

결국 나무를 통해서 우리의 인생살이와 나무가 가지고 있는 모양과 성격을 비교해 보면서 우리가 가지고 있는 이성을 나무나 꽃이 가지고 있는 성정에 이입시키고져 함과, 관觀함에 목적이 있다고 하겠다. 나무라는 단어에 대한 견해가 얼마나 다를 수 있는 가를 보여 주는 한가지 견해, 나무-형벌용의 도구로서 쓸모 있게끔 자연이 마련한 키가 크고 단단한 식물이다.

우리와 어느 나무보다 친숙한 나무가 있다. 가을철에 붉게 익은 열매로 인간에게 양식을 선사하는 사과나무다. 사과나무는 상상을 초월하게 장미과 식물이다. 장미과 식물들에는 딸기, 조팝나무, 해당화, 살구, 벚나무, 모과, 사과, 배나무 등이 있다.

장미와 무슨 공통점이 있는지는 식물을 분류한 학자에게 물어봐야 하겠지만, 분류함에 있어서 상식적인 판단과 식물학적 분류 사이에 연계성이 부족하다는 느낌을 지울 수 없다.

주요 과수의 하나로 재배하고 있는 사과나무는 유럽 및 아시아가 원산지이고 낙엽 관목이다. 임과林果, 평과, 사과라고도 한다. 작은 가지는 자주빛이고 잎은 어긋나고 타원형 또는 달걀 모양으로 톱니가 있다. 우산 형태의 꽃이 4, 5월에 개화하여 8, 9월에 열매를 성숙시킨다. 사과는 고대 그리스나 로마 사람들에 의하여 애용되었는데, 유럽에서 개량된 사과나무가 17세기에 미국에 전파되었고 그곳에서 더욱 개량되어 사과나무 재배는 미국의 주요 산업으로 발전되었다고 한다.

동양에서는 중국에서 1세기경에 재배한 기록이 있으며 그 당시의 것은 능금林檎이라 불러 한국과 일본에 전파되었다고 한다.

성서의 선악과가 사과였는지는 확실하지 않지만 소위 운명을 바꾼 4개의 사과에는 선악과를 사과로 표현하고 있다.

첫 번째 사과는 성서 속 이브의 사과로, 금기 사항을 어겨 낙원에서 쫓겨나고 특권을 상실하는 '경고의 사과'였다.

두 번째의 사과는 제우스로부터 선택권을 얻은 파리스의 황금 사과다. 파리스는 지혜와 권력을 주겠다는 아테나와 헤라 대신에 인간 중에서 가장 아름다운 여자를 주겠다고 한 아프로디테에게 황금 사과를 건네준다. 결국 헬레나를 얻게 되고, 이는 또 트로이의 몰락까지 연결이 된다. 이 사과를 '질투의 사과'로 명명해 본다.

세 번째의 사과는 스위스의 사냥꾼인 빌헬름 텔이 아들의 머리 위에 놓고 명중시켰던 '용기의 사과'다. 그 일이 약소국이었던 스위스의 독립운동에 도화선이 되었다.

네 번째의 사과는 만유인력의 단서를 제공했던 뉴턴의 사과다. 뉴턴의 위대한 점은 사과와 땅, 지구와 태양을 폭넓은 관점에서 같은 범주에 놓고 생각했다는 점일 거다. 세상이 신의 의지에서 만들어졌다는 중세의 개념에서 벗어났다는 점에서 '진리의 사과'로 불러 본다.

그런데 위에 적은 네 개의 사과에 한 개의 사과를 추가하고 싶다. 그리스 신화에서 헤스페리데스 낙원에 있던 황금의 열매로 된 제우스의 사과나무다. 이 황금 사과나무는 제우스의 부인인 헤라가 결혼기념일에 신들로부터 선물 받은 나무였다. 헤라클레스의 그 유명한 12가지 고역 중에서 11번째가 '헤스페리데스들이 지키는 동산의 황금 사과를 따오는 일'이었다. 황금 사과를 가져다주는 대신 자유를 얻게 되는데, 아틀라스의 도움을 받아 따오게 된다. 바로 그 사과를 다섯 번째 사과를 '자유의 사과'라고 칭하고 싶다.

다섯 개의 사과가 가지는 의미를 좀더 명료하게 축약해 보면, 이브와 파리스의 사과는 유혹과 경고의 의미를 갖는 사과요, 빌헬름텔과 뉴턴의 사과는 '진실의 사과'라 하겠다. 헤라클레스의 자유의 사과는 별도의 의미를 갖는다고 봐야겠다.

과육이 달콤한 사과 안에는 진리와 유혹이라는 두 개의 상반된 화두가 담겨 있는지도 모른다. 흔히 쓰는 스피노자의 말을 빌리지 않더라도 다섯 개의 사과를 비교하면 결국 사과나무가 우리에게 주는 교훈은 희망과 경고라는 생각이 든다. 보다 더 나아가면 성서의 초두에 나오듯, 달콤함 뒤에 숨어 있는 유혹에 대한 첫 번째의 경고이자 지구상 최초의 교훈일 수도 있다는 생각이 든다. 백설공주 이야기를 빌리지 않더라도, 많은 동화에서 사과는 독을 담을 수 있는 도구가 되었듯이 유혹 뒤의 함정을 쉽게 상상할 수 있다. 그런 까닭에 사과나무를 생각하면서 매사에 우리가 주관을 내세우기 전에 먼저 자기 자신의 가슴에 비수를 들이댈 수 있을 만큼의 객관을 가져야 한다는 생각을 해 본다. 시視도 견見도 아닌 관觀으로서 꿰뚫어 볼 수 있어야겠다.

제19장

자작나무 이야기

상상력의 나무

"바람이 불 때마다 한 겹씩 흰색의 수피를 벗겨 내듯 수많은 우화와 전설들을 속삭인다."

수많은 신화와 전설과 동화를 품고 있는 숲에는 사계四季를 통해 보여 주는 다양한 빛깔의 아름다움과 이에 버금가는 음모가 숨어 있다. 그러한 것을 실감케 하는 것이 인간이 가지고 있는 상상력이다. 상상력은 인간의 이성理性을 가볍게 휘어잡을 수도 있고, 때로는 인간의 감정을 상대로 폭군처럼 권력을 휘두르기도 하며, 하릴없이 관망하고 있기도 하다. 우리를 슬픔과 기쁨으로 몰아넣는가 하면 어떤 사람에게는 고통을 주면서 우롱하기도 하고, 또 어떤 이에게는 가볍게 미소 지으며 늘 행복과 낭만을 선사하기도 한다.

소위 근대라고 불리는 시기는 100여 년의 짧은 역사를 지니고 있다. 그러나 우리가 축적하고, 배우고, 가르치는 학문의 대부분이 이 짧은 시간에 이루어진 것이다. 프랑스 혁명과 러시아 혁명도 불과 200여 년 전에 일어난 일이다. 철학의 역사도 그리스 시대부터 따져 보면 불과 2,500년 정도이다. 현재까지 우리의 의식을 지배하고 사고의 틀을 형성시킨 신화라는 존재는 약 3만 년의 역사를 가지고 있다. 우리가 말하는 철학은 사실 신화라는 거대한 마그마에서 솟아 나온 하나의 작은 화산일 뿐이다.

그렇다면 신화 이전 시대는 과연 어떠했을까? 아마 원시의 모습은 아닌 상태의 야성과 본성이 지배한 시대였으리라 생각된다. 이를 두고 야성의 사고라고 표현하는 학자도 있다. 이러한 역사를 거치는 동안 인간의 상상이 과학의 발전에 따라 현실화되어 왔다.

그 지점에서 야성의 사고와 상상력에는 어떠한 경계선이 있을까 궁금해진다. 그러한 상상력을 느끼게 하는 나무가 있다면, 단연 자작나무를 첫째로 꼽는다.

자작나무는 우리나라 중부 강원도 이북부터 멀리 북구 유럽 시베리아 벌판까지 추운 지방에서 잘 자라는 낙엽 교목이다. 백색의 수피樹皮를 자랑하며 20m 이상 자라기도 한다. 백단목白檀木, 백화白樺로 불리며 수피는 염료로 쓰이기도 한다. 자작나무과의 대표적인 나무는 분재에 즐겨 쓰는 소사나무와 오리나무, 수피가 회백색으로 아름다운 고산 지대의 사스레나무 등이 있다. 우리나라에서는 잘생긴 자작나무가 쉽게 눈에 띄지 않았었는데, 근래들어 대관령 정상부에 가로수로 꽤 많이 심겨 있다.

자작나무를 산에 비유한다면 아마도 사계四季의 아름다움이 뛰어난 금강산에 비유될 수 있을 것이다. 금강산은 봄에는 금강산, 여름에는 봉래산, 가을에는 풍악산, 겨울에는 개골산으로 구분하여 부를 정도로 사계절의 독특한 아름다움을 구가하고 있다. 자작나무 또한 만물이 소생할 때는 흰 수피와 함께 연초록 잎을 피워 내고, 여름에는 윤기가 흐르는 잎사귀와 그늘을 제공하며, 가을에는 참하게 물든 낙엽을, 겨울에는 백색 수피를 뽐내며 자기만의 독특한 풍치를 자랑한다.

특히 모든 나무가 최소한의 생명 유지를 위하여 숨죽이고 있을 때조차도 자작나무는 화려한 백색 수피를 자랑하며 당당하게 서 있다. 거기에 눈 내린 백색의 설경을 상상해 본다면 그 당당함은 더욱 빛을 발할 것이다.

　북구 유럽의 동화나 소설을 보면 배경으로 등장하는 숲은 대개가 자작나무 숲이다. 자작나무 숲에는 그렇게 수많은 우화와 동화가 간직되어 있는 셈이다. 숲속에서 한 사랑의 고백도 자작나무 가지마다 새겨 있을지도 모를 일이다. 추운 북구 지역에서는 많은 시간을 집 안에서 보내다 보니 자작나무 숲이 등장하는 할머니의 이야기 주머니 또한 항상 불룩했을 거라 생각해 본다.

　우리가 어떤 의미를 부여하든 부여하지 않든 간에 자작나무는 항상 그 자리에 서 있다. 그리고 우리가 만들어 냈던 수많은 이야기와 우화와 전설들을 한꺼번에 쏟아 내지 않고 바람이 불 때마다 한 겹씩 흰색의 수피를 벗겨 내듯, 마치 연서를 쓰듯이 우리의 귀에 속삭인다.
　'임금님 귀는 당나귀 귀' 하고, 그렇게 수많은 이야기와 우화를 간직하고 있는 자작나무 아래서 우리가 가진 상상력도 함께 커 가는 것이다.

　잔설殘雪이 남아 있는 대지 위에 순백의 아름다운 자작나무 숲

을 떠올리며, 새삼 상상력과 야성의 사고 사이의 경계를 생각해
본다.

자작나무

푸른 나비 떼 같은 잎들

바람이 불 때마다

한 겹씩

묵은 때 벗겨 내듯

북방의 우화와 동화가 되어

할머니의 이야기 주머니에 쌓이고

몇 차례

햇빛이 뒤집고 간

반짝이는 먼 강물

흰 눈 내리는

겨울이 오면

별들의 성소 아래

눈부신 하얀 수피樹皮

결 곧은 키

벌서듯 나란히

흰옷 입은 성자처럼

겨울 숲의 침묵을

지키고 선

은자隱者 같은

제20장

플라타너스 이야기

미완과 꿈의 나무

　도로 한편에 서 있는 플라타너스를 보면서 저 나무는 무슨 생각을 하고 있을까 항상 궁금했다. 그런데 대나무와 죽비 소리를 생각하며 궁금증이 풀리기 시작했다. 장마철을 맞이한 플라타너스는 한창 몸 불리기에 나서서 지난해의 어두운 수피를 벗고 베이지색 혹은 연초록 속살을 드러내기가 한창이다. 어떤 나무는 잔가지까지 치장을 하기도 한다.

　꿈.

　꿈이라는 것이 결코 이루어질 수 없는 것이라면, 플라타너스 또한 이룰 수 없는 꿈을 꾸고 있는 듯이 보인다.

　플라타너스는 낙엽 활엽 교목으로 수피가 비늘처럼 벗겨지는데, 벗겨질 때 얼룩얼룩 버즘이 핀 것 같다고 해서 버즘나무로 불리기도 하고, 가을철 서너 개의 방울처럼 열매가 달린다고 해서 방울나무라고도 불린다. 우리나라에서는 버즘나무, 양버즘나무, 단풍버즘나무 등을 심고 있다. 이 중에서 가장 흔한 게 양버즘나무다. 이 나무는 버즘나무보다 추위에 강하고 수피에서 떨어지는 조각이 작다. 높이가 40~50m까지 자라며, 잎은 3~5개로 얇게 갈라진다. 공해에 강하고 속성수이며 가을철의 아름다운 단풍으로 도시인들에게 사랑받으며 가로수로 많이 쓰이던 나무였는데, 요즈음은 은행나무와 느티나무에게 점점 자리를 빼앗기고 있다. 원인은 솜털 같은 꽃가루다. 꽃가루로 수정하는 기간 동안 바람에 흩날려 눈병 및 호흡기 장애 등 인체에 해를 주기 때문에 대체되고 있다.

플라타너스를 보면 생각나는 영화와 동화가 있다. 토마스 해리스의 소설이 영화화된 〈양들의 침묵〉이 그 영화다. 범인이 피살자의 입 속에 넣어 두었던 나방의 애벌레는 전체 스토리를 풀어나가는 암시가 된다. 그것은 우화羽化 혹은 변태變態 즉 성충으로 바뀌고 싶은 욕망의 표현이었다. 한편, 불우하고 암울한 유년기를 보낸 친척 집 도축장에서 들리던 양들의 비명 소리에 대한 기억, 납치당한 소녀의 절규, 그러한 여수사관의 내면을 치유해 가면서 사건의 키워드를 조금씩 풀어 주는 한니발 렉터 박사의 캐릭터 등이 참으로 완벽하게 짜여진, 그러나 조금은 기괴한 영화였다. 범인이 만들고자 했던 솔기 없는 인피人皮로 된 재킷은 나방의 애벌레를 통한 변신의 꿈을 인간적 우화를 통하여 나타냈던 이룰 수 없는 꿈의 극단이라 하겠다.

한편, 동화 '나무꾼과 선녀' 이야기에는 하늘을 날 수 있는 선녀의 옷이 등장한다. 결국 인간으로는 이룰 수 없는 꿈을 옷을 통하여 등선登仙하는 것으로 그렸다. 〈양들의 침묵〉이나 '나무꾼과 선녀' 이야기는 이 점에서 일맥상통하는 부분이 있다. 그것을 한마디로 표현한다면 우화羽化다.

'나무꾼과 선녀' 이야기를 만든 사람도 이룰 수 없는 꿈을 그렇게 표현하고 싶었듯이 플라타너스도 어쩌면 미완의 꿈을 꾸며 열심히 껍질을 벗고 있을지도 모를 일이다. 꽃가루를 날리는 것이나 방울처럼 생긴 열매가 터져서 씨앗을 날리는 것이 꼭 날고 싶은 욕망의 소산처럼 보이는 것은 지나친 확대 해석일까?

가을비가 추적추적 내리는 날 곱게 물든 플라타너스 잎이 아스팔드 도로에 깔리고 자동차들이 그 위를 지나고 나면 그 모습이 마치 거대한 캔버스 위에 액션 페인팅(Action painting)의 대가가 점묘법으로 그려 놓은 한 폭의 거대한 추상화로 보이곤 한다. 거기서 바스라진 미완의 꿈을 보는 듯하여 허무해지기도 한다.

점점 설 곳을 잃어 가는 플라타너스.

우화등선羽化登仙의 꿈을 꾸고 있는 플라타너스의 그늘 아래서 족함을 아는 지혜를 생각하게 된다.

꿈꾸는 플라타너스

대학로 학림카페 앞

가등街燈의 거리를 이고 서 있던

유월, 긴 해가 지고

플라타너스 흰 수피樹皮

넓은 잎에 어둠이 내리면

푸른 정맥이 돋은 나뭇잎들

흔들리던 제 그림자를 지운다

지상의 그리운 말

노을빛 허공에 이명으로 가닿을 때

아득한 산, 바람이 막고 선 어둠

우화등선羽化登仙의 꿈을 꾸는

내 몸에서 빠져나온

흰 뼈 하나

어둠을 지키고 우두커니 섰다

제21장

대나무 이야기

비움과 절제의 나무

"신神은 우리를 채찍으로 길들이지 않고 시간으로 길들인다."

뛰어난 사람을 만드는 데는 세 가지 요소가 있다고 한다. 풍부한 재능, 깊은 성찰, 고상하고 쾌적한 취향. 이것이야말로 신이 준 최고의 선물이라는 글이 기억에 남아 있다.

대나무를 생각하면서 늘 이 글귀가 생각나는 것은 대나무라는 존재에 여러 가지 이미지가 연결되어 있기 때문이라는 생각이 든다. 대나무의 꽃은 100년 만에 핀다고 한다. 100여 년 만에 꽃을 피운 대나무 숲은 일시에 사그라들어 황폐해지고 그 자리에는 가는 조릿대만 무성히 자란다고 한다. 두 번 다시 이렇게 쓸쓸하고 고독하게는 살지 않겠다는 의지의 표상인 것처럼 보인다. 이러한 요소가 대나무에 대한 해석을 더욱 신비스럽게 하기도 하지만 대나무만큼이나 많은 실용적 용도를 지닌 나무도 드물다.

   기차 여행을 할 때 가장 뒷자리에 앉아서 보면 앞에 앉아 있는 사람들의 행태가 모두 보인다. 물론 뒤에 앉아 있는 사람들을 의식하지 못하는 게 대부분이다. 하지만 바깥에서 보면 이 모두가 한 기차 속에서 같은 목적지를 향해 가고 있는 셈이다.

   어쩌면 인생은 여러 량으로 연결된 한 기차와 같을지도 모른다. 대나무가 가지는 가장 큰 미학은 속이 비어 있음과 절節, 즉 매듭이 있다는 점일 것이다. 단순한 비움에만 가치가 있는 것이 아니라 절節, 즉 맺음이 있다는 것이 더욱 큰 가치를 창출해 낸다고 본다. 비울 수 있기에 채울 수 있고 채울 수 있다는 것은 맺음이 있기에 가능한 것이라고 생각되기 때문이다. 간략하게 표현하자면 비움과 절제의 미학이라고 할까?

   대나무 자체로 중풍이나 식독을 풀어 준다고 하니, 식독이라는 것이 잘못 먹거나 혹은 많이 먹어서 생기는 병이라면, 속이 비어 있는 대나무로 채워진 것을 풀어내니 그 또한 묘한 음양의 이치이다.

   또 다른 면으로 대나무를 이용한 악기들이 많은데 그 또한 속이 비어 있기에 가능한 것이고, 마디가 있기에 음의 고저를 조절할 수 있는 것이다. 곧음과 비움이 대나무의 가치를 세우고 있는 셈이다. 죽염을 만들 때에도 소금을 담는 그릇이 되면서 소금이라는 매체를 통하여 자기의 성분을 전이시키는 것을 보면 가장 큰 덕목은 비움에 있다.

또한 유용성의 측면에서 보면, 곧음과 유연함에 그 둘째의 덕목이 있다고 하겠다.

곧음이 대나무를 얇고 길게 쪼갤 수 있게 하고, 그 유연함이 다양한 기구 및 가구를 만들 수 있게 하는 가능성을 열어 두고 있는 것이다. 곧음과 유연함은 서로 상반되는 어휘이면서도 대나무에게는 참으로 절묘하게 아우러져 있는 느낌이 든다. 다른 나무에 비해 두 배의 가치를 가지고 있는 대나무를 보며, 자연이 우리에게 신체의 중요한 부분인 팔과 다리를 둘씩 준 의미에 대해 생각하면서, 우리가 일상에서 필요한 것들을 곱절로 이루는 기술을 만들어 나가게 하려는 것일까? 욕심을 내어 본다.

서정춘 시인의 '죽편'이라는 시가 있다.

여기서부터, ― 멀다

칸칸마다 밤이 깊은

푸른 기차를 타고

대꽃이 피는 마을까지

백 년이 걸린다

―「竹篇 1 ― 여행」 전문

'죽편'에 대한 신경림 시인의 해설을 빌려 오면 "밤차 속의 고 달픈 인생의 고향 사람들과 마찬가지로 대꽃이 피는 마을을 향해 가는 기차…… 그러고 보니 기차가 꼭 마디가 있는 대나무를 닮 았다. 대나무와 기차, 기차 속의 고달픈 삶과 대꽃이 피는 마을의 삶의 배합과 대비가 절묘한……."이라고 했다.

그 캄캄한 대나무 마디마다 닫힌 어두움은 대나무의 매듭이 열 리기 전에는 완벽한 어두움이다. 그 매듭마다 하나씩의 소우주를 품고 있을지도 모른다. 그 하나씩의 어두움이 맑고 푸른 하늘을 향해 커 간다는 자체만으로도 경이驚異이다. 언젠가는 깨우침을 주는 죽비 소리와 함께 '활연대오' 깨달음의 노래를 부를 날을 기 다리고 있는 듯 보인다. 그러면서 아직은 밤이라며 대숲의 바람 과 함께 춤추고 있는 대나무 숲을 바라보고 있노라면 늘 푸른 식물이 가질 수 있는 고절함과 쓸쓸함과 비워 냄을 통한 고독한 내면이 느껴진다.

"신神은 우리를 채찍으로 길들이지 않고 시간으로 길들인다."라고 했다.

비움과 절제의 미학을 가진 대나무를 생각하며.

깊숙이

저 흙 속으로부터 울려 나오는 소리를 듣는다.

그리고 그 소리가 이제 한곳으로 가라고 이야기한다.

내 앞에 스쳐 지나가고 서 있었고 호흡하고 대화했던 나무들이

어느 즈음엔가 말을 멈출 때가 있었고

어떤 때는 눈앞에 우뚝 서 있을 때도 있었다.

나무를 찾음은 자연이 나에게 다가옴과 적당한 다가감의 연속
이었다고 할 수 있다.

인생은 마치 적당히 깨어져 새고 있는 독과 같아서 우리의 지
식과 영혼의 독에 조금씩 열심히 부으면 항상 차 있게 된다.

다른 말로 소위 행복이라는 말이 그 가운데 있을 수 있다.

독이 비워지기 전에 끊임없이 채우는 행위가 우리를 행복하게 해 줄 수 있다는 생각을 한다.

다르게
어느 정도 수위가 내려가면 우리의 마음속에 고갈이 느껴질 때, 또한 영적인, 아니면 지적인 욕구가 차오르듯
그렇게 인생은 조금씩 앞으로 나아가는 듯하고.

나무는 봄, 여름, 가을, 겨울을 정기적으로 맞으며 그들의 운명을 자각하는 듯 느껴지기도 한다. 나무와 우리의 인생이 다른 점은 나무들은 사계의 반복, 즉 꽃이 피고 무성하고 단풍 들고 추위를 견디는 사계를 반복하는 반면에 우리의 인생은 앞을 예측할 수 없다는 점에서 오히려 인간은 나무보다 축복받은 존재일런지도 모른다. 다양한 숲과 나무의 도열 앞에서 나는 어찌할 바 모르는 정신의 산책자인 셈이다.

그 길이 먼 길이든 좁은 길이든 굽은 길이든 가려고 한다.
그러나 그 길이 결코 쉬운 길은 아닐 거라는 생각 또한 한다.
나무의 옆으로 혹은 나무의 잎사귀로 스쳐 지나가는

바람의 영혼과 나의 눈물을 마르게 할 수 있는 푸른 바람이 불
기를

그 숲속에서 기다리고 싶다.

이제 큰 시간의 탁자 앞에서 조금 여유를 가지고 싶고,

다양한 나무로 어우러진 숲으로의 여정을 생각한다.

시간이 좀 더 걸릴지도 모른다. 신발 끈을 조여 매며 다짐한다.

시간과 함께 건강한 다리로 함께 서 있으니 이제 숲으로 가야
겠다.

'지혜'라는 이름의 나무를 찾아서.

-나무가 나를 찾아오지 않는 날에-

나무가 나를 찾아오는 날에는

초판 1쇄 발행 2024년 1월 26일

지은이 배교윤
펴낸이 이계섭

책임편집 박찬세
디자인 이라희

펴낸곳 (주)백조
주소 경기도 화성시 남여울3길 19 201호
출판등록 2020년 8월 14일
전화 031-8015-0705
팩스 031-8015-0704
E-mail baekjo1120@naver.com

ISBN 979-11-91948-17-2(03810)
값 15,000원